Frederic Morton

GESCHICHTEN AUS ZWEI WELTEN

Deuticke

Heimkehr

Eigentlich war es ein ganz normaler Tag. Ich arbeitete den Vormittag durch und auch am Nachmittag, packte aber um fünf Uhr die Sachen zusammen. Um diese Zeit wird das Licht sentimental in Taormina. Ich hatte mich gerade scheiden lassen und genug von Sentimentalitäten. Ich sagte mir, ich würde so besser leben und besser malen.

Um halb sechs war ich gewaschen und rasiert und ging zum Tee hinunter ins Mocambo. Das machen alle Touristen, aber das hat mich noch nie gestört. Es macht Spaß, Viscount Charlie zuzusehen, wie er einparkt und dabei auf seinen Porsche einredet, als ob der ein widerspenstiger Dobermann wäre. Mir gefällt diese Prozession von Menschen mit auffallenden Hemden, verspiegelten Sonnenbrillen, wasserstoffblonden Pferdeschwänzen und handgemachten Sandalen. Es macht mir nicht einmal etwas aus, daß die blau-goldene Luft immer von den ewig gleichen Operettenmelodien des Mocambo-Orchesters erfüllt ist. Ich bewundere den rissigen alten Kirchturm von Sant' Agostino, weil er das alles so tapfer erträgt, und ich liebe den grandiosen Ätna und das gekräuselte Ionische Meer, zwischen denen Taormina einer Fata Morgana gleich auf einem an den Klippen befestigten Trapez zu hängen scheint. Es ist angenehm zu beobachten, wie sich Großartiges und Absurdes so nonchalant in der Abendsonne miteinander verbindet. Das ist eine Art der Entspannung.

Sammy und Lilo tauchten an diesem Tag im Mocambo auf, was mich etwas überraschte. Von der Terrasse des Mocambo aus hat man eine gute Aussicht, und deshalb sitzen dort auch meist die gaffenden Touristen. Das Mocambo ist daher nicht so schick wie der englisch-amerikanische Tea Room gleich nebenan. Ob man ins Mocambo oder in den Tea Room geht, hängt davon ab, ob man sich hier als Tourist aufhält oder ob man hier wohnt. Sammy und Lilo wohnen ganz eindeutig hier. Sammy ist selbstverständlich in Taormina geboren, aber die Tatsache, daß ihn niemand mehr Salvatore nennt, zeigt, daß er kein Einheimischer mehr ist. Er ist der Tennisprofi der Stadt und in gewisser Weise auch ein Torero. Sammys Spezialität sind Frauen, und die Unverfrorenheit und Eleganz, mit der er seine Kunst ausübt, würde in jeder spanischen Stierkampfarena Raserei auslösen. Er ist klein, hat schwarze, temperamentvolle, afrikanisch wirkende Augen, gewelltes Haar und ein griechisches Profil, und er bewegt sich mit der sorglosen Grazie eines Matadors. In der letzten Saison erlegte er zunächst eine frisch verwitwete Comtesse, dann eine siebzehnjährige Belgierin, die mit ihrem Vater, einem Journalisten, auf Reisen war, und schließlich noch eine Mailänderin, die hier ihre behinderte Tante besuchte. Ich glaube, Sammy fühlt sich aus verschiedenen Gründen zu bestimmten Frauen hingezogen, und wahrscheinlich hängt es mehr mit den Schwierigkeiten zusammen, an diese Frauen heranzukommen, als mit ihren Reizen. Sammy liebt es, die große Welt zu erobern, die ihrerseits jeden Monat hierher kommt, um Taormina zu erobern. Er ist ein Mann der großen Gesten, Befriedigung kennt er nicht. Er hält ständig eine Zigarette zwischen Mittel- und Zeigefinger, führt sie aber nur selten zum Mund. Er trägt ein sehr feines, blutrotes Halstuch, und er besteht darauf, seinem Vater, einem Taxifahrer, den vollen Fahrpreis zu bezahlen.

Zu Lilo wäre zu sagen, daß sein richtiger Name Leland ist. (Es ist in der Szene hier üblich, italienische Namen zu anglisieren und englische Namen zu italianisieren.) Er ist ein schlanker, ältlicher Junge, der auf die 40 zugeht und versucht, sein nicht unbeträchtliches Einkommen durch seine Feinsinnigkeit zu rechtfertigen - am ersten jedes Monats schickt er ein Tagebuch eingeschrieben per Luftpost an seinen Anwalt in London. Er macht seine nasale Sprechweise durch seine geistreiche Art wett. Er fühlt sich wohl in Sammys Nähe, so wie sich ein Wasserscheuer am wohlsten fühlt, wenn er das Meer vom sicheren Ufer aus betrachtet. Tatsächlich räumt er hinter ihm auf: Er führt die von Sammy abgegebenen Geliebten zum Essen aus; er bestellt ihnen, daß Sammy »verhindert« ist; er begleitet sie zur Bahn oder erklärt ihnen die beste Route nach Neapel. Da er für Frauen harmlos ist, wirkt er auf sie beruhigend; und nach der Zeit mit Sammy ist ihre Psyche in einem Zustand, den er in seinem Tagebuch einfühlsam verarbeiten kann. Das funktioniert alles sehr gut.

Als ich an jenem Abend zu ihrem Tisch kam, saßen sie da mit Helga. Die Dänin Helga, die Tochter irgendeines Butterkönigs, befand sich im Stadium der Weitergabe: Sammy hatte noch seine Hand auf ihre Stuhllehne gelegt, während Lilo ihr bereits die Zitrone in den Tee preßte. Wie wir so Tee tranken und herumsaßen, wurde mir klar, warum Sammy heute ins Mocambo gekommen war. Er erzählte Helga gerade von der Panoramastraße nach Syrakus, doch seine Blicke konzentrierten sich bereits auf den Tisch unmittelbar rechts von uns.

Ein Mädchen saß dort - und was für ein Mädchen! Ein schwarzer Pony fiel in das ebenmäßige, klare, schöne Gesicht, das man häufig bei den Töchtern der amerikanischen Oberschicht findet. Sie war so um die 25, und die enge Trägerhose betonte ihre langen, garantiert original-amerikanischen Beine. Ein großer junger blonder Mann mit Hosenträgern über einem weißen Hemd saß neben ihr. Zuerst wirkte er auf mich wie ein Teilnehmer des Kostümfests, das sich Taormina nennt, aber schon nach kurzer Zeit erkannte ich, was er wirklich war. Er war ein echter Tiroler Bauer. Statt am Henkel hielt er die Tasse ganz in der Hand. Er hob sie, wenn das Mädchen die ihre zum Mund führte; stellte sie einen Augenblick nach ihr wieder hin. Sie brach ein Stück Kuchen ab, und er wischte die Krümel weg, die auf ihrem Teil des Tisches verstreut lagen. Sie lachte. Merkwürdigerweise lächelte er nicht zurück. Sie streichelte seinen Ellbogen. Er brachte ein langsames Lächeln zustande, doch gleichzeitig fuhr er sich ins pomadisierte Haar und wischte dann die Frisiercreme in die Papierserviette. Sie aß den Kuchen fertig, er stellte den Teller beiseite. Sie klopfte ihm übermütig auf die Finger, so übermütig, daß sie ihre Mokkatasse umwarf. Das war die Gelegenheit. Sammy riß sich sein rotes Halstuch herunter und stoppte damit das schwarze Rinnsal.

»Dankeschön!« rief das Mädchen.

»Überhaupt nicht erwähnenswert, das ist doch selbstverständlich«, sagte Sammy, dessen Englisch feierlich und ziemlich präzise ist und mit Vorliebe aus mehrsilbigen Wörtern besteht.

»Das sollte der Kellner machen!«

»Aha«, sagte Sammy, »Sie sind neu in Taormina.«

»Woher wissen Sie das?«

»Wenn man sich hier auf Kellner verläßt«, sagte Lilo, »heißt das, daß man eine Abmagerungskur machen muß.«

Das Mädchen lachte. Namen wurden ausgetauscht und die Tische nebeneinander gestellt. Sie hieß Doris. Und das – sie strich mit der Hand über den Arm ihres Begleiters – das war Ferdinand. Ich vermute, es lag an ihren Augenbrauen, daß ihr Gesicht nicht maskenhaft perfekt wirkte. Sie waren lebendig und schwarz und von keiner Pinzette gezähmt. Vielleicht hätten sie etwas zu buschig gewirkt, wenn sie sich nicht immer leicht, aber energisch bewegt hätten. Das Mädchen als ganzes war energisch, von einer unschuldigen, überschäumenden, anmutigen Spontaneität, die von ihren Augenbrauen unterstrichen wurde. Sie schossen in die Höhe, als sie »Garçon!« rief. Und ganz entgegen seiner Gewohnheit kam Giacomo angelaufen, um den Tisch abzuwischen. Schon hoben sich die Augenbrauen wieder, als sie Ferdinands Hand abblockte: »Laß doch die Teller. Das soll der Kellner machen – dummer Ferdy!«

Sie wandte sich uns zu. »Sie müssen Ferdinand verzeihen!« Sie streichelte seinen Arm. »Er ist noch nicht an Cafés gewöhnt. Er ist Herrgottschnitzer, wissen Sie? Er macht Wegkreuze, wunderschöne Sachen!«

Sie redete weiter. Hatten wir schon etwas von Brittlug gehört? Brittlug in Tirol? Dort hatte sie Ferdinand gefunden. Dort hatte sie sich beim Skifahren dieses Frühjahr den Knöchel gebrochen. Ein entzückender Ort, Brittlug, nicht einmal auf der Landkarte eingezeichnet. Wirklich ein Geheimtip! Erzählen Sie das *bloß* nicht weiter! Brittlug soll ursprünglich bleiben, so wie Ferdinand! Sie tätschelte seinen Hals. Aber die Leute in Brittlug! Ihre Augenbrauen fielen etwas nach unten und wurden ärgerlich. Entsetzliche Menschen. Sie waren so garstig, weil Ferdy mit ihr weggegangen ist. Warum sollte er nicht mitkommen? Er war so süß gewesen, als es ihr schlecht gegangen war - er hatte sie Tag und Nacht gepflegt. Und jeden Morgen hatte er ihren Schuh, den für den gebrochenen Fuß, genommen und voll mit Frühlingsblumen zurückgebracht. Deshalb mußte sie ihn danach einfach in ihren MG packen. (Ihr Kinn wies leicht in die Richtung des roten Flitzers, der vor dem Mocambo in der Sonne glänzte.) Stellen Sie sich vor, er war noch nie in Cortina. Dabei ist das gleich hiner der Grenze, bloß zwei Stunden von Brittlug, und er war noch nie dort! Von Venedig und Rom ganz zu schweigen, das hat ihn einfach umgeworfen - nicht wahr? Sie zog sanft an einem Haar auf seinem Handgelenk. Er griff mit seinen Fingern wieder nach der ungewohnten Pomade. »Es hat uns beide umgeworfen!« sagte sie. »Taormina auch.«

»Sie haben vor, länger zu bleiben, hoffen wir?« fragte Sammy. Er hatte seine Hand von Helgas Sessellehne genommen, um die Asche von seiner Zigarette zu klopfen.

»Wir müssen auf unsere Permission warten«, antwortete Ferdinand unerwarteterweise in sorgfältigem Englisch, wobei er *Permission* falsch aussprach, wie *Permision.*

»Ach, die Permision«, sagte Sammy. Es gehört zur Persönlichkeit Sammys, Fragen zu vermeiden. Wenn er etwas nicht versteht, dann lehnt er sich zurück und wiederholt es.

»Die Permision ist die Erlaubnis der amerikanischen Regierung, damit wir heiraten können.« Das Wort schien Ferdinand recht geläufig zu sein.

Doris legte die Hände an Ferdinands Schläfen. »Sch! Sch! Nicht s!« sagte sie und beutelte seinen Kopf liebevoll. »Man spricht das *Permisch'n* aus!« Sie drehte sich zu uns und ließ einen Arm um seinen Hals. »Sprechen die Österreicher nicht süß? Ich war einmal bei einem Zahnarzt in Kitzbühel. Er hatte immer ganz enge weiße Hosen an und sagte dauernd zu mir *Ai laf ju.*«

»*Permisch'n*«, sagte Ferdinand jetzt leise und richtig, nur zu ihr.

»Er lernt alles«, sagte Doris. »Er ist so groß, daß er nicht einmal in meinen MG hineinpaßt. Aber er hat gelernt, sich beim Autofahren zusammenzufalten!«

»Entschuldigen Sie mich«, sagte Sammy. Er hatte Kaffee auf Doris getropft, als er das Halstuch auswand. Rasch wischte er den Tropfen mit einer Serviette von ihrem seidenglatten Arm. »Mit Ihrem Auto«, sagte Sammy, »kann man auf den Monte

Tauro fahren. Die einzige Stelle in ganz Italien, von der aus man zwei Vulkane sehen kann.«

»Vulkane finde ich unwiderstehlich!« rief Doris.

»Ätna und Stromboli«, sagte Sammy.

Helga warf ein, daß ihr Sammy nie davon erzählt hatte.

»Du hast einen Mercedes.« Sammy legte seinen Arm zurück auf Helgas Lehne. »Der Mercedes ist zu groß für die Straße mit den zwei Vulkanen.«

In diesem Moment stand ich auf. Ich sagte, ich hätte eine Verabredung an diesem Abend, was auch stimmte, und ging den Kellner suchen, um zu zahlen. Nachdem ich das bei Giacomo erledigt hatte, winkte mich Lilo zurück, als ich gerade hinausgehen wollte.

»Ein Problem!« rief Lilo. »Sag's ihm auf Deutsch. Sag ihm, daß man das schon abreißen darf.« Er zeigte auf den federgeschmückten Helm eines Ritters, der an einem Fahnenmast über dem Tisch hing, eine Werbung für »Orlandos Marionettentheater«.

»Nur die Feder, nicht den Helm!« bettelte Doris, und sie hämmerte mit ihrer kleinen Faust sanft auf Ferdinands Arm. »Sagen Sie Ferdy, daß ich dafür zahlen werde. Manchmal haben wir solche Sprachprobleme. Es ist so romantisch!«

Ihre Augenbrauen standen sehnsüchtig im vollkommenen, sonnengeröteten Oval ihres Gesichts. Selbst ihre Schultern hoben sich flehentlich unter dem pastellfarbenen Polohemd. Sie war das hübscheste kleine Ding, das ich seit Monaten gesehen hatte. Ich wurde ziemlich wütend.

»Ich wollte Sie fragen«, sagte ich, »seit wann erteilt die amerikanische Regierung ihren Bürgern die Erlaubnis zu heiraten?«

»Der Konsul braucht eine, wenn er uns trauen soll, nicht wahr?« sagte sie, leicht erstaunt. »Bitte!« Ihr Kopf fiel gegen Ferdinands Schulter, und sie seufzte um die Feder. »Das wird ein so traumhafter Hut ...«

Sammy streckte sich über Helga, um Giacomo aufzuhalten. Er zog diskret zwei 1000-Lire Scheine hervor und wies mit dem Daumen nach oben: »Für die Marionette, okay?«

»*Jetzt* darfst du«, sagte Doris zu Ferdinand. »Du hast mir in Cortina ja auch das Edelweiß geholt, nicht wahr? Und das Edelweiß war viel schwieriger zu erreichen!«

Ferdinand umschloß mit seinen Händen die Mokkatasse. »Das habe ich nur für dich getan, in Cortina«, sagte er zur Tasse.

»Ja, und die Feder ist auch nur für mich!«

»Das war etwas anderes«, sagte Ferdinand leise.

»Ferdy! Du meinst, wir waren allein in Cortina? Nur weil ich noch das schlechte Bein hatte! Wir konnten nicht ausgehen und Leute treffen und so weiter! Sei doch nicht so unglücklich, weil ich jetzt wieder lebendiger bin!«

Sie legte ihre Arme um seinen Brustkorb und versuchte, ihn mit einem gespielten Stöhnen aufzuheben. »Aaauuutsch!«

Das brachte ihn auf die Beine. Er stand da mit seinen 1,90 in einem weißen Hemd, einer dunklen Anzugshose, festen Halbschuhen und Hosenträgern. Er fuhr sich mit der Hand langsam über den Mund, wie ich das oft bei Bauern aus den Alpen gesehen habe, wenn sie versuchen, eine unsichere Wetterlage einzuschätzen. Doch ich merkte jetzt, daß er nichts von einem Dorftrottel an sich hatte.

Seine Augen lagen tief und waren dunkelbraun, was bei einem Mann mit seiner Haarfarbe eher ungewöhnlich ist. Er sah das Mädchen starr an, und als seine Hand von seinem Gesicht hinunter auf die Seite glitt, hatte ich den Verdacht, daß er über sie entsetzt war, vielleicht schon seit Tagen. Seine angespannte, steife, massige Gestalt, sein ausgeprägtes Profil und die Fülle seines aufgetürmten Haars erinnerten mich trotz seiner Jugend an einen gefangenen Waldgeist - wild, ehrfurchtgebietend und verwirrt zur gleichen Zeit. Er hatte etwas von der Größe einer entwurzelten, gefesselten Kreatur, an der sich die Neugier der Gäste im Mocambo weidete, etwas von einem majestätischen, wilden Tier, das hilflos vor den Stäben und den Gaffern eines Zoos steht.

Dann sprang er in die Höhe, ergriff den Fahnenmast mit beiden Händen, zog sich nach oben und klammerte sich dabei immer wieder mit den Beinen am Mast fest; oben angelangt, riß er die Schnur ab, an der der Helm hing, und sprang wieder herunter.

Sammy nahm ihm den Helm ab und setzte ihn Doris auf das schwarze Haar. Er gab ihr einen leichten Schlag auf den Hals. »Ich ernenne Sie zum Ritter«, sagte er.

»Danke schön!« rief sie und drückte Ferdinands und Sammys Hand gegen sich. Sie war wirklich das hübscheste kleine Ding, das ich seit Monaten gesehen hatte.

Ich bemerkte, daß ich immer noch da stand, und ging nach Hause.

* * *

Aber Taormina ist ein Nest, wenn auch ein erstklassiges. Es läuft einem hier jeder immer wieder über den Weg. Zwei Stunden später war ich unterwegs, um meinen Besuch vom Zug abzuholen. Ein Steig führt vom Dorf auf den Klippen hinunter zum Bahnhof und weiter zum Mazarro-Strand. Ich hatte mehr als zwei Drittel meines Weges zurückgelegt, als ich sie sah: Doris und Ferdinand auf dem Mazarro-Strand. Er kniete vor ihr, zog ihr die Sandalen aus und blies ihr ein bißchen Sand vom Rist. Dann rannten sie, er in einer altmodischen, gestreiften Badehose, sie in einem goldenen Bikini, Hand in Hand in die Brandung hinein. Ich verlor sie im Glitzern des Sonnenuntergangs auf den Wellen rasch aus den Augen, was gut war, denn ich hörte das Pfeifen des Zuges.

Mein Gast an diesem Abend gehörte zu einer Reihe von Besucherinnen, die mir von einer wohlmeinenden Tante daheim in New York geschickt wurden, weil sie mich wieder zu einem Ehemann und somit nützlichen Menschen machen wollte. Diese eine Besucherin war gar nicht schlecht. Ich bot ihr das Standardprogramm. Abendessen bei José, kurze Besichtigungstour entlang des Corso Umberto, La Taverna. La Taverna ist das beste, was wir an Nachtleben zu bieten haben, und sorgt für Lokalkolorit in Form von verschlafenen Kellnern in alten sizilianischen Trachten. Während die Band *Anima e Cuore* spielte, erfuhr ich, daß ihr Verlobter bei einem Autounfall ums Leben gekommen war. Danach, schloß ich, war sie die Haushälterin und Frau des Hauses bei ihrem Bruder geworden, einem Junggesellen und Politiker in Neu England; er war inzwischen Generalstaatsanwalt geworden. In ihrem

Leben aber hatte sich nichts ereignet, und wahrscheinlich unternahm sie ihre dreimonatige Reise durch Europa, um endlich einmal irgend etwas zu erleben.

Ich muß zugeben, daß ich ihren Namen vergessen habe, obwohl ich mich sonst an alles sehr genau erinnere. Es ist mir noch lebhaft in Erinnerung, wie entgegenkommend sie tanzte, und daß ihr Gesicht, das in Vermont vermutlich bleich und hart war, durch die italienische Sonne Grübchen und eine frische Farbe bekommen hatte. Ich erinnere mich noch, wie sie ihren Kopf sorgfältig zurücklegte, damit ihr Hals glatt blieb, wenn sie lachte - und daß sie den ganzen Abend lang wartete. Es wäre vielleicht ganz nett gewesen, ihre Hand nach einer Rumba etwas länger als notwendig zu halten und zu bemerken, daß es keine gute Idee sei, wenn sie schon morgen nach Messina weiterfahre, ohne daß ich ihr das griechische Amphitheater zeigen könne. Aber ich konnte einfach nicht - ich hatte einfach eine Zeitlang genug von diesen Dingen. In der Nische auf der anderen Seite der Tanzfläche saßen Doris und Ferdinand.

Sie waren natürlich in Begleitung von Sammy, Lilo und Helga. Da sie genau in meinem Blickfeld saßen, wechselte ich den Platz. Ich wollte nicht zu oft an meiner Besucherin vorbei zu ihnen hinüberschauen. Trotzdem war es nicht zu vermeiden, daß ich entweder aus den Augenwinkeln oder direkt von der Tanzfläche aus mitansehen mußte, wie sich das Geschehen bei ohrenbetäubender Bläserbegleitung wie eine Pantomime weiterentwickelte.

Am Anfang, während der Rumba, tanzte Lilo mit Doris und Sammy mit Helga. Der Federschmuck des Ritters hing übermütig an Doris' Kleid wie eine Ansteckblume, und Ferdinand saß einsam und aufrecht auf seinem Stuhl und schaute dem Ganzen zu. Dann beim Foxtrott tanzte Lilo mit der Dänin Helga und Sammy mit Doris. Doch Doris lief zurück zum Tisch, und Ferdinand mußte ihr helfen, die Schuhe auszuziehen, damit sie nicht größer war als Sammy. Dann gab es Walzer; mit Ferdinands Hilfe schlüpfte sie in ihre Schuhe, um mit Lilo zu tanzen. Sammy fächelte sich hinter Doris' Rücken Luft zu, um Helga zu bedeuten, daß ihm zu heiß war. Helga versuchte, mit Ferdinand zu kichern, erreichte aber nur, daß er seine Lippen irgendwie höflich bewegte. Er hielt nach Doris' Feder Ausschau. Dann kam ein Tango, und Doris schleuderte ihre Schuhe weg, um mit Sammy zu tanzen. Lilo und Helga rauchten. Ferdinand saß ganz aufrecht und starrte auf die Tanzfläche. Ich glaube nicht, daß er die Feder noch sehen konnte, denn das Licht war schummrig geworden. Ich konnte sie sehen, denn ich selbst tanzte mit meiner Besucherin, die sich gut bewegte, immerfort lächelte und weiche, entgegenkommende Schenkel hatte, die den Kontakt beim Tangotanzen nicht scheuten.

Die Feder war nicht mehr an Doris' Kleid geheftet. Sie mußte der fachmännischen Leidenschaft von Sammys feurigem Tanzstil im Weg gewesen sein; er hatte einen Arm eng um Doris' Rücken gelegt, während er mit dem anderen ihre Hand in eine selbstvergessene Höhe hielt. Die Feder hing schräg zwischen Sammys Zähnen, wippte auf und ab und kitzelte so Doris manchmal in der Achselhöhle. Sie quietschte dann und versuchte, die Feder mit ihren Zähnen zu fangen, aber umsonst. Einmal ertappte sie mich, wie ich sie beobachtete, und warf mir das übermütige Lächeln eines Kindes zu, das bei einem zu wilden Spiel erwischt wird - die Art von gerissen raffiniertem, süßem, kleinem Mädchen, das man gleichzeitig abküssen und durchprügeln möchte. Ich beschloß, mit meiner Besucherin eng umschlungen zu tanzen. Das war eine Art der Selbstverteidigung gegen dieses Kind, was allerdings nicht funktionierte. Ich beobachtete sie weiter.

Pause: Sammy flüsterte mit dem Orchester, Doris steckte Ferdinand ihre Feder ins Haar. Er nahm sie wieder heraus. Sie zuckte mit den Achseln, trank einen Schluck, lümmelte sich in den Sessel und machte sich gar nicht die Mühe, ihre Schuhe wieder anzuziehen. Das Licht wurde wieder schummrig; barfuß verschwand sie mit Sammy im Dickicht der Tangotänzer. Helga beugte sich mit Lilo über eine Karikatur, die er auf eine Serviette zeichnete.

Ferdinand saß ganz aufrecht. Plötzlich stand er auf. Er ging hinüber zur Garderobe. Einen Augenblick später stapfte er hinaus auf die Tanzfläche, ein erstaunter Riese, der bis zur Taille in einen Bach hineinwatet. Er warf Doris ihre Spitzenstola um die Schultern und führte sie zur Tür. Doch dort mußte er stehenbleiben und sich bücken, um ihr die Schuhe anzuziehen. Dazu brauchte er so lange, daß die anderen drei sie einholen konnten. Sammy überreichte Doris die Karikatur, die Lilo gezeichnet hatte. Ihr Lachen drang noch von draußen herein, als die Band wieder *Anima e Cuore* spielte.

Bald drauf machten auch wir uns auf den Weg. Ich bemerkte eine gewisse angstvolle Erwartung bei meiner Besucherin, nachdem wir so eng umschlungen getanzt hatten, und dachte, daß es keinen Zweck hatte, ihr falsche Hoffnungen zu machen. Ich sagte ihr, daß das griechische Amphitheater nicht halb so interessant sei wie der Orion-Brunnen in Messina. Doch ich vermute, daß es für sie doch ein ereignisreicher Abend gewesen war. Ich küßte sie in der Halle des San Domenico und brachte alles im großen und ganzen gut hinter mich. Nachher durchstreifte ich die Cafés. Nichts. Doris und ihre Freunde waren nirgends zu finden.

* * *

Am darauffolgenden Tag arbeitete ich bis zum Abendessen und danach noch eine Weile weiter. Ich arbeitete eigentlich ziemlich gut. Doch plötzlich so um neun Uhr schlich sich eine bösartige Stille ins Haus, die mich nach draußen trieb. Ich spazierte den ganzen Corso entlang, vorbei an den Liebespaaren und dem Klirren der Cafés, dem Geruch der Trattorien, wo sich die Aromen des Olivenöls mit dem Parfumduft der Frauen vermischten, und es war schön. Doch dann erreichte ich die Piazza vor dem Mocambo, und es war nicht mehr schön. Denn dieser Platz ist nur bei Tag eine Piazza, am Abend wird er zu einer Promenade des Stupiden und Vulgären. Von ihm aus fallen die Klippen hin zum Meer ab in eine Dunkelheit aus Granit und Vegetation. Der Hauch von Oleandern und Jasmin, die Lichter Kalabriens, so klein wie Sterne, das Bellen von Hunden, die Silhouetten der Boote auf dem Wasser – das alles war in Ordnung. Ich hatte mich daran gewöhnt.

Doch dieser Abend war besonders maßlos, denn es stand ein fast voller Mond am Himmel und in der Abendbrise vibrierte der schwirrenden Klang zweier Geigen aus dem Mocambo. Die Silhouette eines Liebespaares stand vor mir, und das Mädchen, ein kleines, exquisit parfümiertes Geschöpf, strich langsam mit der Hand über den Rücken ihres großen, schlanken Begleiters und hängte ihre Finger in sein Nackenhaar. Einen Augenblick lang versuchte ich mich an die Hoteladresse meiner Besucherin in Messina zu erinnern. Ihre Schenkel waren beim Tangotanzen so entgegenkommend gewesen, und Telegramme waren in Italien spottbillig. Aber ich konnte nicht, ich konnte einfach nicht. Mit einer Frau an einem solchen Ort in einem solchen Augenblick zusammenzusein, ist abgeschmackt, sagte ich mir, aber allein zu sein, ist fürchterlich.

Und dann sah ich Ferdinand. Er mußte gerade Lilo und Helga gute Nacht gesagt haben; sein Rükken war noch zu der mittelalterlichen Verbeugung gekrümmt, die in der Höflichkeit der Bauern des Alpenraums überlebt hat. Lilo spazierte davon, er war bereits beim *Aufräumen*, denn er führte Helga am Arm und gestikulierte. Sie ließ ein dünnes, gezwungenes Kichern hören. Man hörte noch jemanden auf dem dunklen Platz lachen, vielleicht über Ferdinand. Er stand jetzt allein da, eine riesengroße, etwas unpassend gekleidete Erscheinung. Er fuhr sich mit der Hand über den Mund und blinzelte zum Ätna hinauf. Er stand so verlassen da, daß ich zu ihm ging und ihm einen guten Abend wünschte.

Der Ätna war nützlich, weil wir ihn anschauen konnten und ich seinen Ausbruch im Jahr davor erwähnen konnte. Doch nach einer Weile war das Thema erschöpft, und es half nicht einmal, daß wir Deutsch sprachen. Er stand bloß da und fuhr sich mit der Hand über den Mund. Ich wußte nicht weiter und wollte etwas mehr an Gedankenaustausch zuwege bringen. Ich fragte ihn, ob er etwas von seinen Arbeiten mit nach Italien gebracht habe.

»Ein paar«, sagte er.

»Kann ich sie sehen?«

Er sah mich an. Er nickte. Wir spazierten durch die Straßen und gingen die Steinstufen hinauf zum Timeo, ihrem Hotel. Kurz bevor wir es erreichten, sagte er hastig, als wolle er die Angelegenheit aus der Welt schaffen. »Sie läßt sich die zwei Vulkane vom Berg aus zeigen«, und ich nickte, wie man es macht, wenn man eine nebensächliche Erklärung zur Kenntnis nimmt. Sie hatten ein luftiges Doppelzimmer mit Pappeln unter dem Fenster. Beide versuchten wir die drei weißen Koffer, aus denen rosa Wäsche hervorquoll, zu übersehen. Ich haßte sie wegen dieser zufälligen Indiskretion fast noch mehr.

Er ging zu seinem Bett und zog einen uralten, großen Reisekoffer mit Metallschnallen darunter hervor. Bis heute weiß ich nicht, wie er ihn in ihren winzigen MG hineingebracht hat. Er öffnete ihn. Drinnen waren zwei weiße Hemden in der Art, wie er sie trug, und - in eine schwere, graue Lodenjacke gewickelt - vier unfertige Kruzifixe. Sie hätten alle in einer Wiege Platz gefunden, und das ließ mich, ebenso wie die helle Linde, aus der sie geschnitzt waren, und die zärtliche, vorsichtige Art, wie er sie hielt, an Babies denken. Ich fragte ihn, ob das Talent zum Schnitzen in seiner Familie liege.

»Ja«, sagte er, »mein Vater und mein Großvater.« Und dann plötzlich: »Sie haben nicht mit mir geredet, keiner von ihnen. Ich bin mit ihr fortgegangen, und sie haben alle die Fenster offen gehabt. Sie haben mich nur angeschaut. Und dann haben sie die Fenster wieder zugemacht.« Er strich über die Figuren und zupfte die Tagesdecke zurecht, damit sie dort bequemer liegen konnten.

»Sie haben kein Gesicht«, sagte er.

Das war richtig. Einige der Figuren waren noch formlose Bündel; bei den anderen war die Schulter des Leidenden bereits angelegt oder der Nagel durch den Fuß gebohrt. Doch was sie alle gemeinsam hatten, war, daß sie oberhalb des Halses völlig unausgeformt waren.

»Das ist interessant«, sagte ich. Ich hatte das Gefühl, etwas sagen zu müssen. »Also machen Sie die Gesichter immer zuletzt?«

»Ich mache jeden auf einmal fertig - früher jedenfalls«, sagte er. Er drehte sich etwas weg. »Aber ich kann die Gesichter nicht mehr, seit ich weg bin aus dem Tal.«

Er hatte jetzt sein Schnitzmesser herausgenommen, ließ aber die Spitze nur über die Zehe der dritten Figur gleiten. Das Heft des Messers endete in einem Widderkopf, dessen wollige Mähne bereits ganz abgegriffen war. So wie der Koffer war das Messer vielleicht über Generationen vererbt worden, genauso wie das Gesicht des Erlösers. Ich erinnerte mich daran, daß in Tirol fast jedes Tal seinen eigenen Christus hat. Und ich dachte, wie merkwürdig es doch ist, daß dieses schwarzhaarige Mädchen von der anderen Seite des Ozeans zum Skifahren zufällig in sein Dorf kommt, ihn einfach aus seiner Welt herausreißt, mit ihm in einem MG davonrast und ihn auf einem anderen Planeten absetzt, in der Nähe eines Vulkans, in einem Doppelzimmer mit indirekter Beleuchtung, Bad und Aussicht, und ihn dort sitzen läßt auf einem leeren Doppelbett mit vier Figuren ohne Gesicht, allein.

»Ich sagte ihnen, wir würden zurückkommen, sobald wir die Heiratserlaubnis bekommen«, erzählte er. »Ich sagte ihnen, ich würde inzwischen die Kruzifixe für das Frühjahr machen. Aber sie haben einfach die Fenster zugemacht.«

»Aha«, meinte ich. »Sie machen also ungefähr vier in dieser Jahreszeit?«

Er nickte. »Ich kann die Gesichter nicht mehr.« Kratzend fuhr sein Messer über die Zehe des dritten Christus. Er fixierte die Figur mit der linken Hand, hielt sie aber gleichzeitig von sich weg, als ob er Angst hätte, sie zu vertraulich anzufassen. Ich hatte irgendwie das Gefühl, ich sollte das alles gar nicht sehen.

»Na ja«, sagte ich, »na ja, ich habe irgendwie einen ähnlichen Beruf. Wir haben alle gute und schlechte Zeiten. Gute Nacht.«

»Gute Nacht.« Er stand auf und machte seine kleine, mittelalterliche Verbeugung. Er hatte die Figur auf das Bett gelegt. Doch als ich draußen den Korridor entlang ging, konnte ich wieder das leise, verlorene Schaben des Messers hören.

* * *

Am nächsten Morgen fuhr ich nach Palermo. Es war der Tag, an dem ich regelmäßig nach Palermo kam, um Vorräte für den ganzen Monat einzukaufen, vielleicht ein bißchen Stadtluft zu atmen und der wirklichen Welt einen Besuch abzustatten. Doch wie ich schon gesagt habe, läuft einem hier jeder über den Weg. Gerade als ich zur Schnellstraße abbiegen wollte, überfuhr ich ihn beinahe. Obwohl er am Straßenrand ging, und obwohl sein riesengroßer Schatten kaum zu übersehen war, hatte er die blinde, schlafwandlerische Gehweise, die ich bei Fußgängern immer mit Katastrophen in Verbindung bringe. Als er beim Kreischen meiner Bremsen aufblickte, bemerkte ich sofort, daß er sich verändert hatte.

»Ferdinand! Wohin gehen Sie?«

Er grüßte mich nicht. Er zeigte in Richtung Bahnhof: »Zum Zug nach Palermo.«

»Das ist das Auto nach Palermo«, sagte ich. »Springen Sie rein!«

Ich glaube, ich war mit ihm immer deshalb so gezwungen fröhlich, weil ich mich irgendwie unwohl fühlte. Er stieg rasch und wortlos ins Auto, indem er seinen endlos langen Körper effizient zusammenfaltete. Auf seinen Wangen lag ein blonder Schimmer, was bedeutete, daß er sich nicht rasiert hatte; sein Haar klebte nicht mehr an seinen Schläfen, sondern fiel in langen Wellen über seine Ohren. Er sah aus, als ob er erst gestern aus seinem Tal herausgekommen wäre. Doch das war nicht die eigentliche Veränderung.

»Wo kann ich Sie in Palermo rauslassen?« Das war das einzige, was mir einfiel, nachdem ich nach einer unverfänglichen, aber doch aufschlußreichen Frage gesucht hatte.

»Beim amerikanischen Konsulat, bitte.«

»Kann ich Ihnen helfen? Ich kenne einen der Vizekonsulen ...«

»Die Genehmigung ist notwendig«, sagte er, »oder die Genehmigung ist nicht notwendig. Das läßt sich leicht feststellen.«

Einen Augenblick lang wollte ich sagen, wie die Zeit alles heilt und wie in einem Jahr all das, et cetera, et cetera. Doch ich merkte, daß ich dadurch nur alles schlimmer machen würde. Also fluchte ich, um Zeit zu gewinnen, ausführlich über eine Vespa, die uns überholt hatte, und wurde in der nächsten Kurve von einem kleinen Buben gerettet, der den Daumen in die Luft hielt.

Auch er wollte nach Palermo, und er hatte ein Zicklein im Arm, das sich als wunderbar lebhaft erwies. Es sprang immer wieder zwischen Vorder- und Rücksitz hin und her, bis es gefesselt werden mußte. Selbst als es sich nicht mehr bewegen konnte, leckte es alles in Reichweite ab und pinkelte aus lauter Lebensfreude auf die Polsterung. Das führte dazu, daß der Bub einen so ausgiebigen Ausbruch des fürchterlichsten sizilianischen Zorns bekam, daß ich ihn an einem Kiosk am Straßenrand mit *Gelati* beruhigen und ihn den Fleck abwaschen lassen mußte, auch als davon schon längst nichts mehr zu sehen war. Das Geißlein sorgte, kurz gesagt, für so viel Aufregung, daß Ferdinand kerzengerade und still auf der Rückbank sitzen konnte, ohne daß ich das Gefühl haben mußte, ihn zu ignorieren. Es war alles so einfach, daß ich mich, nachdem ich den Buben bei der Quattro Canti in Palermo hinausgelassen hatte, plötzlich ziemlich unbehaglich fühlte.

»Fahren Sie morgen nach Taormina zurück?«

»Ich glaube schon«, sagte er.

»Ich könnte Sie mitnehmen. Wo wohnen Sie?«

»Ich weiß es nicht«, sagte er.

»Ich wohne im Palme. Ich kann Ihnen dort ein Zimmer reservieren.«

Er schüttelte den Kopf.

»Dort ist das Jolly Hotel. Es ist sehr nett und ziemlich billig.«

»Danke.« Er sah auf meine Hand auf dem Türgriff, denn wir waren beim Konsulat angekommen. An seinem »Danke« prallte alles ab, was man zu ihm sagte.

»Hören Sie«, sagte ich, »trinken wir doch heute abends etwas zusammen. Sagen wir in der Bar vom Palme – so zwischen neun und zehn? Dann können wir reden.«

»Danke«, sagte er und starrte auf den Türgriff. Ich mußte ihn aussteigen lassen.

Er kam nicht in die Bar, obwohl ich bis 11 Uhr wartete. Im Jolly hatte ihn keiner gesehen. Am nächsten Vormittag fand ich das Konsulat geschlossen. Samstag – natürlich. Ich war mir aber nicht sicher, wie ich mich nach *seiner* Angelegenheit erkundigt hätte, wenn es offen gewesen wäre. Ich fragte mich, weshalb ich eigentlich ein solches Theater machte, und fuhr, das Radio auf voller Lautstärke, über die Panoramastraße der Küste entlang zurück.

* * *

Eines fällt auf, wenn man vom Norden kommend auf Taormina zufährt: Die grünen Zitronenhaine auf der einen Seite und der saubere, safrangelbe Strand auf der anderen nehmen eine immer knalligere Färbung an. Wenn man näher kommt, steigt der Gipfel des Ätna fiebrig silbern vor einem auf, und die wilden Geranien scheinen auf den Hügeln zu explodieren. Die ganze Welt beginnt sich zu heben und zu senken. Die Landschaft atmet, einem großen Tier ähnlich, das aus feinen Glassteinen zusammengesetzt ist und, von der Sonne gereizt, altertümlich und heimtückisch funkelt.

Ich blinzelte und drehte Radio Neapel ab. Plötzlich hatte ich Angst. Es gab einen Zug von Palermo, der laut Fahrplan vor mindestens einer halben Stunde angekommen sein mußte. Ich war eigentlich schon auf dem Weg hinauf ins Dorf, doch ich wendete und fuhr zum Isola-Bella-Strand. Lilos Haus steht so nahe am Ufer, daß das Spiegelbild seiner moscheeartigen, hellblauen Kuppel immer im Wasser zittert. Sammy wohnt in einem Zimmer im Erdgeschoß, und in den Kiesweg, der dorthin führt, hat sich schon mancher hohe Absatz eingedrückt. Auf diesem Weg stand Lilo in hellblauen, zu seiner Kuppel passenden Shorts. Ich erkannte an der Art, wie er auf das Auto zutrabte, daß Ferdinand hier gewesen war. Ich hatte Lilo noch nie traben gesehen.

»Er hat die Vase im Vorraum umgeworfen.« Lilos Kopf hing in meinem Autofenster wie ein bebrillter Ballon. »Er hat das Dienstmädchen so erschreckt, daß es sich in seinem Zimmer eingeschlossen hat.«

»Wo ist er hin?« fragte ich.

»Rauf in die Stadt.« Er sprach jetzt noch nasaler als sonst und wirkte überhaupt nicht mehr geistreich. »Aber ich hab sie angerufen. Ich hab ihnen gesagt, sie sollen schauen, daß sie vom Timeo wegkommen. Er hat ihre Schwimmsachen von gestern abend gefunden und mitgenommen.« Und während ich den Motor startete, hörte ich ihn wieder sagen: »Er hat die Vase im Vorraum umgeworfen!«

Ich parkte das Auto am Mazarro-Strand und rannte den Serpentinenweg hinauf. Ich war mir ziemlich sicher, daß er den Fußweg genommen haben mußte. Ich hatte keine Ahnung, was ich zu ihm sagen würde, aber ich rannte so schnell, wie es die staubigen, alten Stufen zuließen. Ich kam zur Weggabelung; beide Wege führten in die Stadt oben auf den Klippen. Ich rannte den linken Weg hinauf. Als ich am Eukalyptuswäldchen vorbei war, konnte ich die vor mir liegenden Kurven überblicken: niemand. Ich rannte zur Gabelung zurück. Ich keuchte, hustete heißen Staub aus. Die Sonne brannte mir ins Gehirn. Ich würde ihn nie zu Fuß erreichen. Ich rannte zum Auto zurück. Meine Reifen jaulten auf, als ich um die Kurve raste. Mein Atem beruhigte sich auch während der ganzen Fahrt nicht. Ich rang immer noch nach Luft, als ich sie auf der Terrasse des Mocambo, hoch oben auf den Klippen, sitzen sah. Sammy lümmelte bequem in einem Metallstuhl; das rote Halstuch hatte er wegen der Hitze nur locker um den Hals gebunden; sein olivenfarbener Ellbogen lag wie zufällig auf ihrem Arm.

»Sie sehen aber erhitzt aus«, sagte sie. Sie war reizend anzusehen in ihrem schneeweißen Strandanzug. Ihr Augenbrauen hoben sich, weil ich so keuchte. »Sie brauchen einen Eistee!«

Und dann sah ich ihn. Er war noch weit unten am Corso Umberto und wurde noch teilweise von einer dicken Frau mit Sonnenschirm verdeckt. Ich bewegte mich nicht. Nicht nur deshalb, weil Sammy mich zurückhielt – er wollte diesen Auftritt ganz für sich allein haben, dachte ich mir. Ich bewegte mich nicht, weil mich das Gesicht hinter dem Sonnenschirm in seinen Bann zog. Es war so direkt, gerade heraus und einfach. Um die nächsten paar Sekunden der Untätigkeit zu überbrücken, stellte ich mir Ferdinand vor: wie er von Lilos Vase wegging; wie er den Serpentinenweg hinaufging, vorbei an den rosa flammenden Mandelbäumen und den üppig blühenden Kakteen; wie er den goldenen Bikini und Sammys knappe dreieckige Badehose, die dasselbe Rot hatte wie das Halstuch, in der Hand trug, diese Relikte der Schwimmpartie von gestern abend. Ferdinand, wie er mit schwerem Schritt in seinen festen Schuhen durch die Bougainvilleas und die Nachthyazinthen stapfte, wie die erschrokkenen Eidechsen vor ihm wegglitten und wie er ab und zu eines der hübschen Mädchen in Shorts, die immer den Fußweg zum Mazarro-Strand hinunterlaufen, eine halbe Sekunde lang aufhielt. Ferdinand, wie er geht, das golden-rote Bündel fest in der Hand; Ferdinand, wie er in der unerschütterlichen sizilianischen Sonne den Weg hinaufklettert – und in meiner Vorstellung wirkte er in diesem Moment klein neben den Felsen.

Aber da stand er schon vor uns, riesengroß auf der Piazza.

»Ferdy«, sagte Doris, »wo um Himmels willen bist du ...« und brach ab. Er hatte die Badesachen fallen lassen. (Ich erinnere mich genau – das Rot der Badehose über dem goldenen Bikini auf dem Pflaster wie ein großer, zerstörter Schmetterling.) Sammy versuchte ihn aufzuhalten, wurde ohne große Kraftanstrengung weggestoßen, fiel hin und lag benommen im Rinnstein.

Ferdinand zog sie an sich heran, hob sie hoch. In ihrem weißen Strandanzug schwebte sie über dem Geländer am Rand der Klippen. Sie stöhnte überrascht auf. Ein Schweißtropfen lief über seine Wange hinunter. Doch nur eine Sekunde lang verzog er den Mund zu einer angestrengten Grimasse. Dann entspannten sich seine Züge wieder. Er stemmte sie von sich weg. Er ließ sie los. Sie schrie erst, als sie schon nicht mehr zu sehen war.

Er drehte sich um - weg von dem Aufschrei, weg von der Aufregung rund um ihn. Er lief davon, glücklich und frei, wie einer, der auf dem Weg zum Abendessen ist, und das war vielleicht einer der Gründe, warum ihn niemand aufhielt. Er rannte in Richtung Timeo.

Ich fand ihn dort, bevor die anderen kamen, in dem Zimmer, das sie gemeinsam bewohnt hatten. Er hielt eines der Kreuze zärtlich im Arm. Er schnitzte das liebende und leidende Gesicht des Erlösers. Ein leichter Wind wehte durch die Pappeln vor dem Fenster. Die Kirchturmuhr schlug vier. Sein Messer flüsterte, flüsterte dem Holz etwas zu. Ich schloß die Tür leise. Sie mußten sich nicht so sehr beeilen, die da unten auf der Straße. Er hatte seine Ruhe gefunden. Er war fertig mit ihr. Ich denke, er war wieder in seinem Tal.

Mr. Lawtons Geheimnis

Das erste Mal sah ich ihn während des Begrüßungsempfangs des Zahlmeisters. Er kam etwas später. Die Amerikaner, die aus Europa evakuiert wurden (es war 1940, und der Krieg war schon ausgebrochen), hatten sich bereits in einer Gruppe unter dem Bullauge mit der schönen Aussicht zusammengefunden. Die anderen, zu denen Herr Mondschein und mein Vater (und daher auch ich) gehörten, standen ein wenig verloren zwischen den Tischen mit den Getränken. Aber als er den Raum betrat, schauten alle auf. Er war ein großer, attraktiver, einbeiniger Schwarzer. Er trug sein gewelltes, pechschwarzes Haar verhältnismäßig lang, hatte kräftige Wangenknochen und eine edel geformte Nase. Sein Anzug aus irischem Tweed war elegant geschnitten, und der beige-braune Farbton harmonierte perfekt mit seiner Haut, seinen gelochten Schuhen, seinem Stelzenbein - alles in sattem Sepia.

An der Tür hielt er einen Augenblick inne, damit die anderen aufhören konnten, ihn anzustarren. Dann schwang er sich auf seiner Krücke voran. Auch sie war sepiafarben und hatte einen Perlmuttergriff, dessen mattschimmerndes Farbenspiel mich an die unbegrenzten Möglichkeiten Amerikas denken ließ.

Der Steward schien seinen Geschmack schon zu kennen, denn er mixte einen Drink, ohne daß ein Wort gefallen wäre. Der Mann nickte dankend und griff nach einer Serviette, die ihm aber entglitt und zu Boden fiel. »Verzeihen Sie meine Ungeschicklichkeit«, sagte er mit einer rauchigen Stimme.

»Aber ich bitte Sie«, erwiderte Herr Mondschein, »das ist doch kein Malheur.«

»Mein Name ist Philip J. Lawton.« Er lächelte. Die Haut spannte sich über seinen Wangen. Er hielt beim Sprechen die Zähne mit den Lippen bedeckt.

»Sind die Herren auf dem Weg, die Staaten zu besuchen?«

»Ich fürchte, es ist kein Besuch, sondern die Emigration«, sagte Herr Mondschein.

»Warum sagen Sie *ich fürchte*, wenn Sie so stilvoll emigrieren?«

»Sehen Sie«, sagte Herr Mondschein (von unserer Gruppe konnte er am besten Englisch), »die Schiffskarte war das letzte, was einen die Nazis kaufen ließen, bevor sie einem das ganze Geld wegnahmen. Sobald das Schiff angelegt hat, werden wir pleite sein. Wir reisen zwar als Passagiere der ersten Klasse, aber mit dem Bißchen, das wir noch in der Tasche haben, könnten wir uns nicht einmal die dritte leisten.« Er lachte, um klarzumachen, daß er übertrieb, und lud mit dieser Vertraulichkeit gleichzeitig zu weiterer Konversation ein.

»Wirklich?« sagte Mr. Lawton. »Jedenfalls werden die Herren gerade zurecht kommen, wenn der Boom losgeht.«

»Oh, sind denn die Wirtschaftsaussichten drüben so gut?«

»An der Börse und in der Stahlindustrie geht es enorm aufwärts.«

»Das ist ja höchst interessant«, sagte Herr Mondschein, »wir hatten gehofft, daß wir auf dem Schiff jemanden treffen würden, der gut informiert ist und uns ein paar Tips geben kann. Für uns ist die Neue Welt ja noch ein spanisches Dorf.«

Mr. Lawton verlangte noch eine weitere Olive für seinen Drink. »Ich weiß nicht, wie gut jemand informiert sein kann, der gerade vier Wochen im Kasino von San Remo gekiebitzt hat, aber wenn die Herren interessiert sind ...«

»Natürlich«, sagte Herr Mondschein, »vielleicht sind Sie so freundlich, uns in den Rauchsalon zu begleiten.« Das Hüsteln sollte wohl nicht nur den eigenen Eifer im Zaum halten, sondern auch eine zartfühlende Anspielung auf Mr. Lawtons Behinderung sein. »Dort können wir sitzen ...«

Mr. Lawton nickte. Ich war der Jüngste in der Gruppe und hielt die Tür auf. Zuerst hievte sich Mr. Lawton hinaus, ihm folgte Herr Mondschein auf dem Fuß. Immerhin war es ja er gewesen, der uns diesen interessanten Amerikaner gefangen hatte. Wir fanden in einer der großen Ecknischen Platz. Mr. Lawton lehnte sich in seinem Fauteuil zurück, legte sein gutes Bein über das hölzerne, hielt in einer Hand einen Drink, in der anderen eine Zigarette. Er verglich die Mieten in den Wohngegenden der oberen Mittelklasse in Los Angeles mit denen in New York; er sprach davon, in welchen Branchen die Konkurrenz in New England gerade am stärksten war, er wies auf die Feuchtigkeit der

Sommermonate in Chikago hin. Die wirtschaftlichen Möglichkeiten, die Oregon zu bieten hatte, empfahl er besonders.

»Wie befriedigend muß es für Sie sein, daß Sie Ihr großes Land so gut kennen«, sagte Herr Mondschein.

»Nach einer gewissen Zeit kennt man es, ob man will oder nicht.«

»Darf man fragen, wo Ihr Zuhause ist?«

»Ach wissen Sie, ich bin eigentlich dauernd auf der Reise«, sagte er. Plötzlich umfaßte er die Krükke und richtete sich auf. »Im übrigen muß ich mir jetzt ein wenig Bewegung verschaffen. Wenn Sie mich bitte entschuldigen, meine Herren.« Lächelnd ging er weg. Alle hatten sich erhoben, dann setzten sich Herr Mondschein und mein Vater und die anderen wieder hin und steckten ihre Köpfe zusammen. Ohne um Erlaubnis zu fragen, ging ich hinter Mr. Lawton her. Er hatte etwas an sich, das allem, was er tat, eine präzise, beeindruckende Geschmeidigkeit gab. Ich folgte ihm auch deshalb, weil ich neugierig war, ob sich seine Kabine in der Nähe der Kapitänssuite befand; dort waren die *Berühmtheiten* untergebracht.

Als ich auf dem Deck anlangte, war er verschwunden. Nur ein Steward stand da und zupfte, gegen die Transatlantik-Karte gelehnt, an seinem Stecktuch. »Wo ist Mr. Lawton?« flüsterte ich.

Der Steward zeigte auf die gegenüberliegende Tür. »Im Turnsaal«, sagte er und fügte - mein Alter einschätzend - hinzu: »Sir«.

»Im Turnsaal? Mit seinem Bein?!«

»Mr. Lawton hat den Turnsaal jeden Tag für die Zeit zwischen fünf und sechs Uhr gemietet«, sagte der Steward. »Die Tür ist verschlossen, denn er wünscht nicht gestört zu werden.«

»Der ganze Turnsaal nur für ihn?«

»Yes, Sir.«

»Himmel!« sagte ich, »warum?«

Der Steward spreizte seine Finger in einer Geste gelangweilter Verwunderung, was ihm ersparte, ein weiteres Mal *Sir* zu mir sagen zu müssen. Dann wandte er sich wieder seinem Stecktuch zu.

Ich ging zurück in den Rauchsalon. Meine Abwesenheit war noch nicht bemerkt worden. Die anderen waren damit beschäftigt, Vermutungen über Mr. Lawtons Profession anzustellen. Daß er entweder ein reicher Radio-Prediger oder ein Export-Import-Kaufmann sei, schien ihnen am wahrscheinlichsten. Ich setzte mich still hin. Für die anderen waren Mr. Lawton und die Neue Welt lediglich geschäftliche Herausforderungen. Aber für mich war er der lebende Beweis dafür, daß Amerika so sein würde, wie ich es mir vorgestellt hatte: ein geheimnisvolles Land, in dem die Indianerhäuptlinge Kaugummi kauten, die Gangster über Charme und Grandezza verfügten und so ungewöhnliche Erscheinungen wir er noch ihren Lebensraum hatten. Durch die Ereignisse der Geschichte wurde ich allzu früh von der eisigen Logik des Erwachsenseins bedroht. Aber Mr. Lawton gab mir Trost. Er verhieß mir, daß die Zukunft immer noch golden und märchenhaft sein konnte. Ich saß da und sonnte mich in der Aura seines Geheimnisses.

Meine persönliche Bekanntschaft mit ihm begann, als wir nach dem Abendessen in den Salon gingen. Die Band stimmte einen gefühlvollen Tango an, die Damen tupften sich schnell einen Tropfen Parfum hinters Ohr, und die ersten Paare begannen, sich auf dem Parkett zu wiegen. »Fred«, sagte mein Vater, und das war für mich das Signal, mich wie ein *Erwachsener* - also ohne das geringste Theater - zu Bett zu begeben. Also stand ich auf und sagte gute Nacht.

Ich war so steif vor Verbitterung, daß ich nicht nach links und rechts schaute und vor der Tür beinah mit einem Mann zusammenstieß, der ebenfalls den Raum verlassen wollte. Es war Mr. Lawton.

»Du gehst so früh?« fragte er.

»Ich muß«, preßte ich zwischen den Zähnen hervor.

»Ich auch«, sagte er, »ich mag Musik nicht mehr«. Und er klopfte mit der Krücke an sein Holzbein. Nebeneinander gingen wir den Gang entlang. Der Tango wurde leiser und leiser, doch trotz seiner Abneigung summte Mr. Lawton die Melodie vor sich hin. Obwohl bei all seinem Wohlstand und Glanz der Anlaß für seine Entsagung ja doch viel schmerzlicher war als der für meine, stieg ein Gefühl der Verbundenheit und Kameradschaft in meiner Brust auf, und ich sagte: »Es sind ja ohnehin keine interessanten Frauen an Bord.«

Mr. Lawton blieb stehen: Einen Moment lang dachte ich, er werde mich schallend auslachen. Doch er lachte nicht. »Ja, da könnte was dran sein«, sagte er, als habe ihn das Argument wirklich beeindruckt, »das sollte ich mir merken.« Er blinzelte mir mit einem Auge zustimmend zu. Für den Bruchteil einer Sekunde zögerte ich, und dann, geschmeichelt und verlegen, blinzelte ich schnell zurück, bevor ich in meiner Kabine verschwand.

Das war, wie gesagt, nur der Anfang. Schon am nächsten Morgen trafen wir einander wieder. Das Wetter war rauh. Die Passagiere spielten entweder im Aufenthaltsraum Karten oder waren seekrank und blieben in ihren Kabinen; so fand ich weit und breit keinen Gesprächspartner. Ich ging nach vorn, weil ich von einem Matrosen aufgeschnappt hatte, daß wir auf eine Nebelbank zufuhren, und weil ich wissen wollte, wie eine Nebelbank aus der Nähe aussieht. Nahe beim Bug stand Mr. Lawton auf dem schlüpfrigen Deck. »Ah, mein junger Freund«, sagte er. Im nächsten Augenblick brach der Nebel über uns herein. Das Nebelhorn dröhnte los, alles wurde grau und unsichtbar. Ich hätte jede Orientierung verloren, wäre da nicht eine starke Hand gewesen, die nach der meinen griff und mich, vorbei an Winden und Pfosten, durch den Nebel lotste. Wir kamen in die Beobachtungslounge.

»Setz dich«, sagte Mr. Lawton. Er manövrierte sich in einen Stuhl, holte eine Schachtel Zigaretten hervor und hielt sie mir für einen Augenblick hin. Es war das erste Mal, daß mir ein Erwachsener Zigaretten anbot, und ich war ganz starr vor Überraschung. Er wertete mein Staunen als Ablehnung und zündete ein Streichholz an, indem er es an seinem Fingernagel rieb.

»Das war recht gefährlich, was du getan hast«, sagte er.

»Ich wollte den Nebel von draußen sehen«, erwiderte ich.

»Ja?« sagte er. »Warum?«

Ich zuckte mit den Achseln. »Sonst gibt's ja nichts zu tun. Es gibt ja keine jungen Leute auf diesem verdammten Schiff«, sagte ich. Ich benützte den männlichen Kraftausdruck, um mich seiner Einschätzung, ich sei schon alt genug fürs Rauchen, würdig zu erweisen.

Mr. Lawton lächelte sein festes, ritterliches Lächeln. Und auf einmal tat er etwas ganz Erstaunliches: seine Lippen wölbten sich ganz leicht, und ein vollkommen runder Rauchring segelte wie von selbst aus seinem Mund heraus. Gleichzeitig hob er seine rechte Hand ein wenig und warf eine Münze durch den Rauchring, fing sie wieder auf und zerblies den Kringel.

»Bitte noch einmal«, sagte ich verblüfft. Diesmal produzierte er zwei hintereinander schwebende Rauchringe und ließ die Münze genau in der Mitte durchschnellen. »Wie machen Sie das?«

»Es ist nur ein Trick«, sagte er.

»Aber es ist wunderbar«, rief ich.

»Nein«, sagte er; er lächelte nicht mehr. »Aber manchmal muß man eben einen Trick anwenden. Zum Beispiel, um Gesellschaft zu finden.«

»Werden Sie mir den Trick einmal zeigen?«

»Vielleicht später«. Er zog sich an der Krücke hoch.

»Es macht einen so phantastischen Eindruck«, sagte ich.

»Ja, ich weiß«, antwortete er langsam. »Ich weiß.« Dann lächelte er wieder. »Tut mir leid, junger Freund, aber ich muß mich jetzt für einen Empfang umziehen.«

Auf diesem Schiff gab es verdammt viele Empfänge, aber nicht für mich. Ich mußte also wieder Trübsal blasen. Am Nachmittag inspizierte ich den Turnsaal; er war fensterlos. Nach dem Tee, gerade, als ich auf das Dach der Ankerbox geklettert war, tauchte Mr. Lawton plötzlich unter mir auf. »Na schau, wer da ist«, rief er.

»Hier kann man am besten die Umdrehungen des Schiffsmotors zählen«, sagte ich.

»Oh ja, natürlich«, sagte er, »übrigens habe ich etwas gefunden.« Er hielt eine schwarze Holzkugel zwischen Daumen und Zeigefinger.

»Und was ist der Trick?« fragte ich erwartungsvoll.

»Oh, ich habe vergessen, die Kugel zu polieren.« Er rieb den Zipfel seines Ärmels leicht über die Oberfläche, und innerhalb von Sekunden verwandelte sich das schwarze Holz in weißen Marmor.

»Bitte, bitte, verraten Sie mir den Trick«, bettelte ich.

»Es macht mehr Spaß, zuzusehen, als es selbst zu tun«, sagte er.

»Oh nein!«

»Oh ja!« Er warf die Kugel genau in meine Handfläche. »Glaub mir das!«

In diesen ersten drei Tagen war er mein einziger Freund an Bord. Es gab zwar ein paar amerikanische Kinder, doch die ließen auf dem Sportdeck ihre Baseballtrainingswut aus und gaben mir zu verstehen, daß ich für sie nur ein Hindernis auf dem Spielfeld war. Und dann war da noch Erna, deren Vater für eine schweizerische Handelsgesellschaft arbeitete. Wann immer ich genug Mut aufbrachte, sie zu fragen, ob sie mit mir ins Kino gehen wolle, sagte sie: »Entschuldige bitte, aber ich glaube, mein Organismus leidet wieder unter der schlingernden Bewegung des Schiffes.«

Mein Vater studierte die unregelmäßigen englischen Verben, wenn er nicht gerade Bridge spielte.

So war Mr. Lawton meine einzige Unterhaltung, und seine Gesellschaft, obwohl sie meist nur von sehr kurzer Dauer war, hatte für mich die größte Bedeutung; man nahm Notiz von mir, einfach, weil ich mit ihm gesehen wurde. Und bald geschah etwas Außergewöhnliches.

Auf dem Schiff befand sich eine schöne, rothaarige Dame, die im Speisesaal zwischen dem Tisch Mr. Lawtons und dem unseren saß und öfter als einmal vorbeiging, wenn Mr. Lawton mir seine Tricks vorführte. Sie trug kupferne Ohrgehänge, die bei der kleinsten Bewegung klimperten, und schlüpfte, wenn sie sich hingesetzt hatte, gern aus ihren Pumps, die sie von den Zehen herabbaumeln ließ; dann sah man ihre rosa bestrumpften Fersen.

Am zweiten Tag sprach sie mich an. »Hast du dich mit dem dunklen Herrn gut unterhalten?«

»Ja«, sagte ich und kämpfte mit meiner Verlegenheit, »ja doch, ziemlich.«

»Er muß interessant sein.« Ihr Parfum umwölkte mich. Ihr flammender, klimpernder Kopf beugte sich zu mir herab; und als wäre das noch nicht genug gewesen, entfernte sie mit ihrem schneeweißen Finger eine Fussel von meiner Jacke und ging.

Es schien, als habe sich mir endlich der Zugang zum Garten der Liebe erschlossen. Bis zu diesem Augenblick war mir mein Ungeschick im Weg gestanden. Betrat ich irgendeinen Raum, so begannen die Erwachsenen über das Wetter zu reden. Und mein Vater kontrollierte sogar an Bord die Bücher, die ich aus der Bibliothek entlieh.

Doch nun, nach der Berührung des Fingers der rothaarigen Dame, den ich als einen Ritterschlag empfand, war mir etwas von der betörenden Glut der Liebe zumindest indirekt zuteil geworden. Sie war bis über beide Ohren in Mr. Lawton verliebt, davon war ich überzeugt. Und ich hatte das Geheimnis gelüftet und konnte darin - wie klein sie auch sein mochte - eine Rolle spielen. Sie würde bald wieder eine Fussel von mir wegzupfen, vielleicht sogar eine widerspenstige, und dann würde ihre Hand ein wenig länger auf mir ruhen.

Diese Begegnung tauchte für mich das ganze Schiff in ein neues Licht. Ein paar Minuten später stieß ich in der Lounge auf Erna. Als hätte ich mit einem Schlag elementare Unwiderstehlichkeit erlangt, stimmte sie diesmal einem Rendezvous zu. Allerdings nicht im Kino, denn einer so schweren Prüfung wollte sie ihren Organismus noch nicht unterziehen. Aber zu einem Pingpongmatch am nächsten Nachmittag sagte sie ja.

An diesem Abend, als Mr. Lawton und ich den Salon gemeinsam verließen, erhob die rothaarige Dame, als wir an ihrem Tisch vorbeikamen, ihr Glas und sah uns dabei in die Augen. Mr. Lawton schritt schneller aus, das Orchester stimmte gerade einen besonders süßen Akkord an, und die ganze Szene prägte sich mir als eine Botschaft in einem Code ein, den nur ich zu entschlüsseln wußte.

Der nächste Tag begann regnerisch und trostlos. Obwohl der Regen am Nachmittag aufhörte, kam Erna nicht um fünf zum Pingpongtisch, wie wir es ausgemacht hatten. Kaum irgend jemand wagte sich auf das glitschige Deck. Ich konnte auch nicht darauf hoffen, auf Mr. Lawton zu stoßen, denn dies war die Stunde, die er mit sich selbst im Turnsaal zubrachte. Um 20 nach fünf war Erna immer noch nicht aufgetaucht. Ich schleuderte den Ball gegen die Einfassung des Pingpongplatzes und beschloß, den erstbesten vorbeikommenden Passagier zu einem Match zu vergattern, damit Erna, falls sie doch noch käme, mich beschäftigt vorfinden würde. Aber niemand tauchte auf. Es war ein trauriges Schiff.

Und dann prallte der Pingpongball von der Wand ab, rollte über den Boden und verschwand in einer offenstehenden Tür unterhalb der Treppe. Am Türblatt stand: »Nur für die Besatzung«, doch ich kümmerte mich nicht darum. Es war dämmrig, und der kellerähnliche Raum war viel größer, als ich erwartet hatte. Hier verwahrte der Steward die Liegestühle und Decken. Ich sah den Pingpongball in einer Ecke liegen, aber etwas anderes erweckte meine Aufmerksamkeit ungleich stärker: ich hörte Musik. Einen seltsamen, fetzigen, unruhigen Rhythmus. Ich hob den Ball auf und ging langsam auf den unbeleuchteten Teil des Raumes zu. Die Musik wurde lauter. Meine Augen hatten sich an das Dunkel gewöhnt, und plötzlich sah ich, genau vor mir, ein Muster aus weißen Lichtstreifen an der Wand. Es war ein Fenster mit einer schräggestellten Jalousie. Gleichzeitig wurde mir bewußt, daß ich mich schon fast in der Mitte des Schiffes befand, und nun wußte ich auch, wohin das Fenster führte und woher die Musik kam. Es war der Turnsaal, in dem Mr. Lawton sich unbeobachtet wähnte.

Ich stand da, erstarrt, ohne mich zu rühren. Die verrückte Musik drang in mein Hirn. Dann hörte ich von draußen Schritte. Eisenbeschlagene Schuhe, das war der Steward. Nur für die Besatzung! Ich eilte davon.

Beim Pingpongtisch stand Erna, ein Taschentuch gegen die Nase gepreßt, und erklärte, daß es zwar ihrem Organismus besser gehe, daß es nun aber ihre Anfälligkeit für Erkältungen sei, die ihr zu schaffen mache. Ich warf den Ball gegen die Wand, während sie sich, zutiefst verstört über meinen Mangel an Mitgefühl, zurückzog. Ich traktierte den Ball mit Schlägen in jenem fremdartigen Rhythmus, der in meinen Ohren weiterklang.

Die Sonne war hinter den Wolken hervorgekommen und hatte das Meer in Tausende verwirrende Spiegel verwandelt. Passagiere waren auf das Deck gekommen. Ich sah, wie die rothaarige Dame in einem Liegestuhl versank, nachdem sie mir zugenickt hatte. Sie trug schwarze Samthosen. Sie hielt ein Buch in der Hand und setzte Sonnenbrillen auf; auch durch die dunklen Gläser meinte ich die Aufforderung ihres Blicks zu spüren.

Dieser Blick suggerierte mir, wieder zum Abteil des Stewards zu schleichen. Alle Liegestühle waren im Freien, und er war damit beschäftigt, Tee anzubieten, was wohl noch eine Weile dauern würde. Ich konnte mich also in das Abteil wagen. Nicht nur sie, die eine Fussel von meiner Jacke gezupft hatte, wollte es so, auch die Musik, von der mir immer noch eine Kadenz in den Ohren klang, trieb mich dazu. Ich warf den Ball, so weit ich konnte, in die Tiefe des Raumes und trat ein.

Als erstes bemerkte ich, daß sich die Musik nicht verändert hatte. Sie drang im selben aufpeitschenden Rhythmus wie vorhin durch den Raum. Ich hob den Ball auf und ging vorsichtig weiter, um nirgendwo anzustoßen und Lärm zu machen. Je näher ich dem Fenster kam, desto lauter wurde die Musik; das dumpfe Dröhnen meines Herzschlags ging in Trommelwirbeln und Klavierakkorden unter. Ich war fast erleichtert, als das Fenster meinem sanften Druck zu widerstehen schien. Doch dann gab es nach, langsam und lautlos.

Ich sah die getäfelten Wände des Turnsaals, die Barren und Sprossenleitern, und, als das Fenster weiter aufschwang, den Haken, an dem Mr. Lawtons Krücke hing; daneben stand ein kleines Grammophon.

Und schließlich, als das Fenster ganz offen war, sah ich auch den tanzenden Mr. Lawton.

Er bewegte sich so rasant und behend, daß ich fast vergaß, erstaunt zu sein. Sein gutes Bein führte die Sprünge aus, während das hölzerne gewissermaßen als Begleitinstrument diente und bei jeder Berührung des Bodens rhythmische Stampf- und Schmatzgeräusche erzeugte. Mr. Lawtons Aufzug verwirrte mich. Der Tweedanzug hing sorgfältig gefaltet über einem Stuhl; Mr. Lawton trug jetzt ein grobes, gelbes Sweatshirt und Hosen aus dem gleichen Material, die mit einer grellroten Schärpe besetzt waren; sie war nicht gebunden, sondern baumelte von der Hüfte. Seine Arme wirbelten mit einer für mich unvorstellbaren Wildheit durch die Luft, sie gestikulierten mit äußerstem körperlichen Ausdruckswillen. Als ich in sein Gesicht blickte, zweifelte ich, daß ich es noch mit Mr. Lawton zu tun hatte.

Die weit zurückgezogenen Lippen ließen ein imposantes, strahlend weißes Gebiß erkennen, und allmählich verwandelte sich das grinsende Gesicht in etwas, das mir bekannt vorkam. Ja, nun wußte ich, woran es mich erinnerte: an amerikanische Filme, die ich gesehen hatte, an Filme, die in Herrenhäusern spielten. Filme, in denen ein Rollenfach immer nach dem gleichen Muster gestrickt war: der Negerdiener. Das war es. Er murmelte und grinste, während er seinen Kopf im wilden Rhythmus der Musik kreisen ließ.

Der Tonarm hatte die letzten Rillen der Platte erreicht; Mr. Lawtons Tanz endete in einer Pirouette, bei der er seinen Körper um die Achse des Holzbeines wirbeln ließ. Dann hielt er inne, die Arme in die Hüften gestemmt, das gute Knie gebeugt, und das große weiße Grinsen auf seinen Lippen schien eingefroren. Er wischte sich den Schweiß mit der Schärpe ab und ging zum Grammophon. Nun erinnerte er mich wieder an den Mr. Lawton, den ich kannte, wenngleich er sich auch ohne Krücke rasch und sicher fortbewegte.

Er spielte die Platte noch einmal; nach dem Schweiß zu urteilen, der auf seinen Schläfen stand, nach dem zerrauften Haar und dem wilden Atem, mußte er sie schon ein Dutzend Male abgespielt haben. Aber er wiederholte noch einmal peinlich genau alle seine Tanzfiguren, wirbelte umher, gestikulierte, murmelte, schlenkerte - und verwandelte sich erneut in den unterwürfig grinsenden Diener.

Dann sah er mich.

Er wandte sich abrupt um und schaltete das Grammophon aus. Er holte seine Krücke vom Haken, und ich dachte, er würde damit nach mir schlagen. Aber er klemmte sie unter seine Achsel. So stand er da, kerzengerade, sein Mund hatte wieder die normale Form angenommen, sein Atem ging heftig. »Mein junger Freund«, sagte er, und in seiner Stimme lag Bitterkeit.

»Ich ... äh ... ich war auf der Suche nach meinem Pingpongball«, sagte ich. Und untermalte es, indem ich die Hand mit dem kleinen, weißen Ball in die Höhe streckte.

»Und nun, hast du gefunden, was du gesucht hast?«

»Ich wußte ja nicht«, stammelte ich, »ich wußte ja nicht ...«

»Aber jetzt weißt du es.«

»Ich wußte nicht, daß Sie Tänzer sind«, sagte ich.

»Und, hat dir meine neue Nummer gefallen?« fragte er, und seine Hand krampfte sich um den Knauf der Krücke. »Meine Show beginnt in New Jersey an dem Tag, an dem wir anlegen.«

»Sie ist erstaunlich«, sagte ich, »aber ich wußte nicht, daß Sie ...«

Er stampfte mit dem Holzbein auf. »Ich bin kein Tänzer«, sagte er, »ich bin ein Vaudeville-Clown, der sein Geld für Reisen nach Europa ausgibt, auf denen er vorgibt, kein Clown zu sein.«

»Da gibt es eine rothaarige Dame«, sagte ich, um die Lage ein wenig zu entkrampfen, »und ich glaube, daß sie ...«

Wieder das Stampfen des Holzbeins. Ich erkannte, daß ihm die Existenz dieser Dame die ganze Zeit bewußt gewesen war, und daß ich alles nur noch verschlimmert hatte.

»Und nun wirst du es ihr erzählen.«

»Nein«, sagte ich. Er stand da, hinter seiner Krücke verschanzt, für den Schmerz gewappnet. »Ich werde es niemandem erzählen, bitte, glauben Sie mir. Ich schwöre es.«

Er strich sein Haar zurück, seine Augen, weiß in dem dunklen Gesicht, starrten mich an, sein Atem ging noch immer schnell.

»Ich schwöre es«, sagte ich, und preßte die Hand mit dem Pingpongball gegen meine Brust, »bei allem, was mir heilig ist.«

Diesmal wischte er die Schweißtropfen auf seiner Stirn nicht in die Schärpe.

»Bitte glauben Sie mir«, sagte ich.

Er streckte seine Hand aus. Ich schob die meine durch das Fenster und wagte sogar, seinen Händedruck zu erwidern. »Mein junger Freund«, sagte er schließlich.

Nun konnte ich gehen. Ich schloß behutsam das Fenster. Das letzte, was ich von ihm sah, war sein Lächeln - und zwar jenes ritterliche Lächeln, das nur die Spitzen seiner Zähne sehen ließ. Dann tastete ich mich durch das Abteil und trat hinaus aufs Deck. Ich fühlte den Blick der rothaarigen, sonnenbebrillten Dame auf mir ruhen und spürte ihren Duft in meine Nase steigen, doch ich ging rasch an ihr vorbei. Ich warf mit aller Kraft den Pingpongball gegen die Wand und war der Sonne dafür dankbar, daß sie mich blendete.

Velvet und Apoll

Da lag ich nun, noch naß vom Schwimmen, schnell atmend, und sie saß neben mir, feucht und glitzernd. Die Welt war 19, denn ich war 19, und die Welt war 18, weil sie gesagt hatte, sie sei 18 - auch wenn ich sie für jünger hielt. Es herrschte ausgelassenes Sonntagsgewimmel auf dem Brighton Strand in Brooklyn. Um uns ein Wald von rotgebrannten Beinen, ballspielende Kinder im Sand, zeternde Mütter, die ihre Kleinen warnten, nichts Kaltes zu trinken, solange sie erhitzt seien. Die Luft war voll mit Gerüchen, nach Sonnenöl und Broten mit Ei, nach Schweiß, nach Salzwasser, und von den Würstelbuden stach der Senf in die Nase.

Da lagen wir nun, mitten drinnen, doch fern dem Gewimmel und unverletzbar, wie die Sonne selbst, unverletzbar, aus dem einfachen Grund, daß ich 19 war und sie zweifelhafte 18. Wir lagen auf der Decke, ich auf dem Rücken ausgestreckt, sie an mein Knie gelehnt. Die Wassertropfen, die ihren Rücken hinunterrannen, vereinigten sich mit den Wassertropfen auf meinem Oberschenkel, und sobald wir uns bewegten, patschten unsere nassen

Körper aufeinander. Sie nahm ihre Badehaube ab und zog sehr langsam, eine nach der andern, die Nadeln aus ihrem Haar - der schwarz glänzende Turm auf ihrem Kopf neigte sich, fiel, breitete sich wie ein dunkler Vorhang über ihre bloßen Schultern. Die Nadeln steckte sie, eine nach der andern und mit ernster Miene, in die Haare auf meiner Brust. Obwohl mich ihr Übermut überraschte, lachte ich nicht. Ich nickte nur.

Zwischen unseren Augen tanzte es, doch wir hielten uns zurück, das war unsere Geheimsprache. Die Haare auf meiner Brust waren so nagelneu wie ihre beiden Brüste, die an den Trägern ihres Badeanzuges zogen. Wir waren nouveaux riches des Fleisches, unvertraut mit unserem jungen Reichtum und seiner Macht. Nein, verliebt waren wir nicht. Aber wir freuten uns einer am anderen, wir erkannten uns ineinander wie in einem Spiegel, weil jeder von uns die Anziehungskraft des anderen noch verstärkte. Jeder war ein Schaufenster dafür, wie begehrenswert der andere war. Ich genoß es, wie sie von den vorübergehenden Männern taxiert wurde. Ja, es war ein Spiel. Leidenschaft wäre zu erwachsen, zu streng, zu ernst gewesen, aber die Leidenschaft zu spielen war wundervoll. Es hieß, das meiste zu machen aus seiner Unreife. Es gab nicht viele, mit denen man das konnte, und deshalb war es so wichtig, daß ich sie an jenem Abend im Tanzkurs bemerkt hatte.

In der Ecke des Saales stand damals ein bunter Haufen Mädchen (aus der Ferne konnte ich ohne Brille Gesichter nicht voneinander unterscheiden), sie mitten drinnen. Ihre Figur und ihr Haar waren - auch mit den strengsten studentischen Maßstäben gemessen - hinreißend. Ich ging geradewegs auf sie zu. Ihr Gesicht war ein wenig unproportioniert, die Nase nicht unschön, aber zu groß. Irgend etwas an ihrem Kleid stach mir ins Auge, und aus dem Nichts wagte ich mutige Worte: »Velvet, darf ich um diesen Tanz bitten?«

Sie wandelte sich im selben Augenblick vom verborgenen Mauerblümchen zur erwählten Göttin. Der Rock ihres Samtkostüms fiel in gemeißelte Falten, ihre Hand winkte ein vielsagendes »Ciaaaao« an ihre Freundinnen. Wortlos und geheimnisvoll folgte sie mir aufs Parkett, und erst als wir einander berührten, fragte sie mit angehobenen Augenbrauen: »Sag, wie hast du meinen Namen erraten?«

»Mit meinem Tastsinn«, erwiderte ich.

»Was du nicht sagst! Wie heißt du?«

»Oh...« Ich hielt inne, ehe mir die Idee kam: »Apoll.«

»Hallo, Apoll!« Sie zuckte nicht einmal mit der Wimper.

»Du kannst mich Ap nennen.«

Die Band intonierte *Sleepy Lagoon*, und ich, der ich den Winkel meiner Pfeife geprobt hatte, und sie, die sie wahrscheinlich stundenlang darüber gebrütet hatte, welche Lippenstiftfarbe sie wählen sollte, wir beide vergaßen, wie kompliziert das Erwachsenwerden war. Wir waren Velvet und Apoll und schwebten auf einer Wolke von Trompetentönen und süßen Geigen. Wir spürten es, noch ehe die Musik zu Ende war: Wir waren ein Team. Mit anderen Mädchen mußte man hart arbeiten, ehe das Junger-Mann-Junge-Frau-Spiel lief. Mit ihr war es ganz selbstverständlich. Irgendwie waren wir im selben Tempo.

Und so kam der Sonntag, so kam unser Rendezvous. Wir trafen einander früh, als der Strand noch fast leer war. Sie trug unter dem bedruckten Baumwollkleid ihren Badeanzug, und an ihrem Arm hing ein Picknickkorb, aus dem es nach Pastrami duftete.

Wir streiften unsere Straßenkleider ab. Der Anblick meiner Brust rief Schreie des Entzückens hervor. »Haariger Apoll! Haariger Ap! Hurry up!«

»Beeil dich selbst!« Ich jagte sie in die Brandung, aber sie war wendig. Als Junior-Rettungsschwimmerin nutzte sie die Wellen, und mich blendete das glitzernde Wasser. Ich konnte sie nicht fangen.

»Schau, ich ertrinke!« rief ich und streckte meine Arme in die Höhe. »Rette mich!«

Sie rettete mich. Sie kam, faßte mich von hinten, zog mich grob am Hals. »He!« Ich war stumm, tot. »He, Apoll, paß auf, was du mit deinen Händen machst!« Ich trieb schlaff. »Laß los! Verstanden?!«

»Ich bin bewußtlos, liebe Velvet. Ich weiß nicht, was ich tue.« Ohne Rücksicht wurde ich von ihr unter Wasser getaucht.

Abermals versuchte ich mein Glück, ertrank und wurde gerettet und gerügt. Und abermals ... Als wir schließlich aus dem Wasser kamen, keuchend, nasse Hand in nasser Hand, war es elf Uhr vorbei. Rund um unsere Decke hatten sich Schirme und Menschen breitgemacht. Wir verschlangen die Pastramibrote, die eingelegten Gurken, die Äpfel aus ihrem Korb. Und wir sprangen sofort zurück ins Wasser, all meiner Biologiekenntnisse ungeachtet. Wir konnten nicht aufhören. Nie zuvor war alles so leicht gewesen. Wir warfen einander die naß-witzigen Worte zu und waren wie Kinder, die gerade gelernt haben, mit bunten Bällen zu werfen.

Einmal nur ließ ein Mißgriff uns in diesem prickelnden Spiel innehalten: Ich fing und küßte sie. Und alles war still. Das Branden des Meeres war aufgehoben, tausende Stimmen schwiegen. Ihr Mund lag still-erschreckt neben meinem. Dunkle Macht überkam uns. Lüsternheit. Die abendlich-hochfliegende Schönheit unserer Kosenamen war verflogen. Wir waren, was wir waren. Die Fassade von halberwachsenem Glanz zerfiel: Neben mir wand sich ein nervöses, pubertierendes Mädchen mit schlecht rasierten Achselhöhlen, ich fühlte die Schmalheit ihrer Lippen, ich ahnte, daß all ihre kleinen Flirts mit dem Mißtrauen ihrer Mutter zu kämpfen hatten, sah die vielen Minuten vor dem Spiegel, mit nichts als Verzweiflung über die Mitesser.

»Nein«, stammelte sie. Eine Welle trieb uns auseinander. Das Meer nahm sein Spiel wieder auf, der goldene Strand flimmerte vor mir, unzählige Stimmen schwirrten durch die Luft. Herrlich und glitzernd wuchs um uns wieder Spielzeugland.

»Soll ich dir das Rückenkraulen beibringen?« rief sie nach einer Weile.

»Ja.«

»Du verdienst es nicht, du bist ein Grapscher.«

»Bitte, Velvet! *Die Art der Gnade weiß von keinem Zwang . . .*«

»Ein Intellektueller! Ein belesener Grapscher! Sei still!« Sie schwamm an meiner Seite, nahm mich beim Handgelenk.

Später trieben wir auf dem Rücken. Ich schloß die Augen. Das Meer war eine weite, kühle Wiege, und auf meinen Lidern, wie auf einer Leinwand, malte die Sonne schillernde Dunkelheit. Wir waren so weit vom Strand, daß wir keine anderen Schwimmer hörten. Nur die Ruder vorbeiziehender Boote schlugen, und der Strand surrte in der Ferne.

»Apoll, wach auf! Bist du auch so hungrig wie ich?«

Ich war, kaum daß sie es gesagt hatte, schrecklich hungrig. Ich war so hungrig, daß ich das Rennen zurück zum Strand gewann. Wir suchten uns einen Weg durch den Irrgarten von Körpern, Sand und Sonntagszeitungen.

»Das Holz ist so heiß. Sei ein Gentleman! Leih mir deine Schuhe!« Sie fing an zu wimmern und hüpfte auf und nieder. Ihre Brüste hüpften im Takt mit dem langen, schwarzen Haar.

»Veitstanz!« klärte ich Entgegenkommende beiläufig auf, und sie machte eine Show aus ihrer Entrüstung, denn sie hatte erkannt, welch sanften Wirbel sie auslöste.

Vor dem Hamburgerstand dachte sie nicht mehr an ihre Füße. Je langsamer die Schlange sich fortbewegte, desto hungriger wurden wir. Und die Geräusche und Gerüche! Nie seither habe ich etwas Ähnliches gerochen: die Schärfe des Senfs, der aus Porzellangläsern geschöpft wird; das Stechende des Ketchups, das die Semmeln aufweicht. Das Knistern der Koteletts auf der Warmhalteplatte; Limonadeflaschen, die geöffnet werden. Wir waren Hungerleider in der Wüste, wir würden verhungern, wenn wir nicht bald drankämen.

Dann kamen wir dran. Der Hamburger zischte in der Hand. Ich ließ mich auf die einzige freie Stelle einer nahen Bank fallen. Velvet war außer sich: »Sadist! Laß mich sitzen! Du weißt, daß ich's auf meinen Füßen nicht lange aushalte.«

Kauend bot ich ihr meinen Schoß an. Sie war

nicht zum Streiten aufgelegt. Mit baumelnden Beinen saß sie quer auf meinen Schenkeln. Mein nasses Haar fiel mir in die Stirn, streifte ihren Hals. Plötzlich machte sie sich mit ihren schneeweißen Zähnen über meinen Hamburger her.

»He!«

»Geschieht dir recht - weil du so ein Sadist bist!« Ich schnappte vergeblich nach ihrer Semmel. Wir lachten, bespritzten einander mit Ketchup, schlürften Cola, sie thronte, flatterte, zwitscherte auf meinem Schoß. Ein alter Mann mit einem Spazierstock hielt inne, um uns zu betrachten. Zusammen waren wir ein Tagtraum. Seit unserer Pubertät hatte uns der Mythos der achtlos begehrenden Jugend gereizt. Ihre Ikonen hatten auf uns niedergeglänzt in Form von Standbildern aus Filmen und Deo-Werbeplakaten. Jahrelang hatten wir danach gegriffen - und waren in verschwitzten Parkbankmanövern gescheitert. Jetzt, zu guter Letzt, schien es erreicht.

»Mmmmh«, sagte sie.

Wir gingen wieder hinunter zum Sand, schleckten Ketchup von unseren Fingern, hinunter durch das Durcheinander von Bäuchen und Zehen, zu unserer Decke. Zum erstenmal sehnten wir uns nach einer Pause. Sie streckte sich aus, die Füße überkreuzt, die weißen Innenseiten ihrer braunen Arme öffneten sich über ihrem Kopf wie die Blütenblätter einer Blume. Ich bettete meinen Kopf auf ihre Taille, wir blinzelten träge in den sonne-schäumenden Himmel.

»Ich könnte dieses Zeug Tag und Nacht essen«, sagte sie.

»Das würde ich dir nicht empfehlen. Es würde sich auf dein Duodenum schlagen.«

»Mein *was*? Hör auf!«

»Ich wollte dich nur auf deinen Zwölffingerdarm aufmerksam machen.«

»Nicht nötig, danke.«

»Das Problem mit dir ist – du hast einige Rundungen, aber keine wissenschaftlichen Kanten.«

»Warte nur, wenn ich erst auf dem College bin wie du, fordere ich dich zum Duell.« Wir aalten uns in der Sonne, schlummernd, summend.

»Außerdem«, fragte sie plötzlich, »was wirst du mit deinem biologischen Spezialwissen machen?«

»Medizin.«

»Das will mein Cousin auch. Aber er hat Probleme, in die Medizinische hineinzukommen.«

Ohne Vorwarnung hatten ihre Worte aus dem Schäferwölkchen hoch oben dicke Folianten von Bewerbungsunterlagen gemacht. Ich erstarrte. Die Wirklichkeit war hereingeplatzt. Entschlossen warf ich alles Störende aus diesem Nachmittag gold-blauer Verheißungen. »Wer hätte keine Probleme«, sagte ich.

Das war das Ende unserer Siesta. Wir waren auf und davon. Was tun? Um uns herum brummte, trommelte, dröhnte ein Höllenlärm aus Transistorradios. Und da war eine Lichtung, soeben freigemacht von einer vierköpfigen Familie, so klein und kostbar wie der Tisch eines Nachtclubs. Wir tanzten darauf, zur Melodie von *Green Eyes*, die von nebenan ertönte, eigentlich aber aus dem Wunsch, etwas gemeinsam zu tun.

»He«, kreischte eine Matrone mit gefärbtem Haar, »was macht ihr da? Wollt ihr einen Sandsturm erzeugen?«

Wir gaben auf. Was tun? Amateurakrobaten

zeigten auf der anderen Seite des Holzstegs ihre Kunststücke. Gliedmaßen schwangen unabhängig voneinander durch die Luft, Pyramiden sonnengebräunter Körper entstanden, und wir begnügten uns nicht damit zuzuschauen.

»Warte! Nein«, sie schwankte auf meinen Schultern.

»Steh gerade!« keuchte ich. »Hilfe!«

Klopfenden Herzens stürzten wir aufeinander. Was tun? Der Horizont hob sich der Sonne zu, im Osten war der Himmel bereits lavendelfarben durchzogen. Wir wollten lärmen, lachen, jede Sekunde festhalten. Wir liefen zum Wasser, das von der Flut hochstand. Ich spielte mein Spiel mit ihr, das wundervolle Spiel, bei dem ich ertrank und sie meine Retterin war; das wasser-umspülte, wellen-verwirrte Spiel meiner driftenden Hände, ihres keuschen Protests und ihrer schamlosen Ausflüchte.

Plötzlich war der Tag zu Ende. Die Sonne hatte sich unwiderruflich in den Dächern von Gravesend verfangen. Um uns verließen die Leute den abfallübersäten Sand. Der Himmel wurde dunkler als der erleuchtete Vergnügungspark. Wind kam auf. Uns fröstelte - wir waren zu spät ins Wasser gegangen, und es gab keinen Ort, an dem wir unsere nasse Schwimmkleidung ausziehen konnten, die Kabinen waren alle voll. Die wollene Badehose klebte und juckte, als ich die trockene Hose überzog.

Wir waren schweigsam und müde geworden. Wir schüttelten den Sand aus der Decke, falteten sie. Als wir uns zum Gehen wendeten, stand er da, der kleine Mann.

Wir wußten nicht, wie lange er hinter uns gewartet hatte. Er war alt und nickte uns lächelnd zu.

In seinem braunen Gabardineanzug sah er wie eine knorrige Wurzel aus, die aus dem Boden geschossen war - eine Wurzel, die sich nach einem Baum sehnte, an den sie sich hängen und den sie versorgen konnte.

Wir schienen sein Baum zu sein, denn als wir an ihm vorbei wollten, streckte er seinen Arm aus. »Wollt ihr euch umziehen? Kommt zu mir, ich habe eine Dusche ...« Sein Arm sank mit seiner Stimme, als schämte er sich seiner eigenen Beflissenheit.

»Na ja«, sagte ich zweifelnd.

»Macht nur 70 Cent. Für beide! Was sind 70 Cent? Ihr könnt euch umziehen. Und euch waschen. Versteht ihr?« Abermals nötigte uns sein graues Gesicht dieses gequälte Lächeln auf.

»Gut«, sagte ich. Er machte auf dem Absatz kehrt und führte uns den erleuchteten Holzsteg entlang, um eine Ecke, zu seinem Haus. Es war eigentlich kein Haus. Früher war es vielleicht ein Bungalow gewesen, jetzt war es nicht viel mehr als ein verfallender Haufen von Ziegeln. Wir - Velvet und ich - betrachteten das rissige Teerdach, die offenliegenden Dachbalken, und schauten einander an. Und lachten ausgelassen. Es war der perfekte Abschluß für unseren verrückten Tag. Beides, das schräge Haus und sein schräger Besitzer, waren seltsam wunderbar.

Wir konnten unser Gekicher kaum unterdrükken, als uns der alte Kerl mit seinem schnörkeligen Eifer durch zwei klamme Zimmer winkte; als er uns atemlos mit zwei großen Handtüchern versorgte, die, seltsam genug, völlig sauber waren; als er uns in einen winzigen Hof scheuchte, wo ein noch kleinerer Schuppen im Abendwind zitterte.

»Die Duschen ...«, stammelte unser Gastgeber, als hätte selbst ihm der Anblick die Rede verschlagen, »heiß und kalt ... guter Abfluß ... ihr könnt sie benützen.« Ich trat auf der einen Seite jener Wand ein, die den Schuppen in zwei Hälften teilte, Velvet auf der anderen. Ich schälte mich aus der verhaßten Badehose, spritzte mit dem kalten Wasserstrahl Sand und Schweiß von meiner Haut und räkelte mich genüßlich. Ich seifte und sang, und Velvet sang zurück.

»Sag«, rief ich durch die Trennwand, »Apoll, Gott des Gesanges, schlägt vor: Geben wir ein Lied zum besten!«

Gemeinsam dröhnten wir: *Bongo, bongo, bongo, ich will nicht fort aus Kongo,* und statt auf einer Trommel schlug ich den Takt auf der Wand zwischen uns.

Dann geschah es. Das papierdünne Holz gab meiner Faust nach - nicht zur Gänze, aber gerade so weit, daß ich den oberen Teil von Velvets Rükken sehen konnte und, als sie sich bückte, die Knochen ihrer Wirbelsäule. Ihre nackte Haut war beinahe unwirklich in ihrer unbedeckten Offenheit und gab auf der linken Seite ein rubinrotes Muttermal frei, das ein Träger bisher verdeckt hatte. Und das Holz gab weiter nach.

Ich weiß nicht, welcher Impuls mich innehalten ließ. An mir nagte eine winzige Sehnsucht, aber ich war von Angst überflutet. Während sie unschuldig weitersang, merkte ich, wie rundherum die Nägel sich lockerten, und fürchtete, die Trennwand würde zusammenbrechen, egal wie sehr sich meine Finger dem, was sich mir enthüllte, entgegensträubten. Und dann, panisch, ohne das Wasser abzudrehen, mit Resten von Seife auf dem Körper, schnappte ich mein Handtuch und lief hinaus.

Ich stand zitternd im Nebenraum. Vor dem Fenster lag der Strand - eine papierübersäte Wüste, und meine Kleider fühlten sich feucht an, als ich sie anzog. Ich war überwältigt worden von der unausweichlichen Nacktheit des Lebens. Es kam die Zeit, in der alle Vorhänge reißen würden und all der fröhliche Zauber fiele, und ich würde hindurch müssen durch das Geschäft des Lebens und der Liebe, bis in die letzte Ritze der Sterblichkeit, hinunter zur letzten Verletzlichkeit in der Lust. Meine eigene Angst, diese unvermutete puritanische Rebellion, entsetzte mich. Die Welt war geworden wie der Sand draußen: wild, unverständlich und beschwerlich.

»Apoll!« rief sie in diesem Augenblick, »he, wo weilest du?«

»Ich bin fertig, Trödlerin!« rief ich automatisch zurück - der Bann war gebrochen. Ich fuhr in die Hosentaschen und zählte genug Kleingeld, um die Nacht zu retten.

»Zufällig fürchte ich mich - anders als manche - nicht vor Duschen.« Sie schwebte ins Zimmer, das Handtuch von den Schultern zu den Schenkeln fest um den Körper gewickelt, den Kopf in den Nacken geworfen, wie die Königin einer Stegreifbühne.

»Beeil dich, kleine Stripperin«, sagte ich, »wir gehen Coney Island erobern.«

Als sie vorbeistolzierte, setzte ich für sie meinen lüsternsten Blick auf. Da hatte ich schon vergessen, wie ich mich Sekunden zuvor und zum erstenmal in meinem Leben gefühlt hatte: alt.

Der Gast

Mit elf hatte ich einen Lehrer, der war kauzig und trug einen weißen Schnurrbart. Er sagte: »Österreich war einmal eine Eiche. Heute ist es ein kleines Veilchen im Zentrum Europas, und eines Tags wird einer kommen, das Veilchen pflücken, ein bißchen daran riechen und es dann in den Bach werfen.«

In jenem Jahr wurde ich jeden Mittwoch mit dem Auto von der Schule abgeholt. Und wenn ich nach kurzer Fahrt aus dem Wagen stieg, kam mir immer der Schnurrbart meines Lehrers in den Sinn. Die Stadt um mich herum, Wien im Jahre 1938, versank im Schatten des Hauseinganges, wo das Dienstmädchen meiner Tante auf mich wartete. Alles veränderte sich, auch ich veränderte mich. Hier wurde mein Name nie genannt.

»Der Gast!« rief Rosa, das Dienstmädchen. Wie immer kaute sie an einem Mandelkeks. Wenn sie lachte, wogte ihr Busen, und die blonden Spitzen ihrer Zöpfe wippten auf und ab. »Schau einer an!« Sie spreizte die Finger und zerraufte meine Frisur. »Hat er das letzte Mal nicht genug von uns bekommen. Will er mehr. Dieser Gast!«

Sie weckte in mir eine Lust am Geplänkel, die den ganzen Nachmittag anhielt. Ich versuchte, sie an den Zöpfen zu ziehen, wurde jedoch unter lautem Protestgeschrei zurückgestoßen. Sie stupste mich in die Rippen, kitzelte mich. Wir rangelten unter den doppelzüngigen wasserlosen Wasserspeiern in der Eingangshalle. »Was ist, machen wir ein Rennen?« sagte sie. Die Lifttür fiel hinter ihr ins Schloß. Ich rannte die schneeweiße Marmorstiege hinauf, während mich der Lift, ein dunkles Monster mit schmiedeeisernen Türen, schweigend verfolgte.

Ich gewann das Rennen immer um einen Herzschlag. Rosa drängte mich dann in jovialem Zorn in die Wohnung. Mein Körper glühte noch, wenn ich durch das Dämmerlicht des Vestibüls schritt und meinen heißen Atem ausströmen ließ. Ich ging am Wartezimmer meines Onkels vorbei. Es war ein düsterer, tempelähnlicher Raum. Immer saß ein Mann dort, auf einem hochlehnigen Sessel, die Beine eng übereinandergeschlagen, das glatzköpfiges Haupt in eine Zeitschrift versenkt. Es schien mir, als sei es immer dieselbe Person, dieselbe Situation, Woche für Woche. Ich begann, ihn für eine Art Fliegenden Holländer zu halten, für einen Patienten, der verurteilt war, hier bis zum Tag des Jüngsten Gerichts zu warten; dann würden die Posaunen dröhnen und die Engel singen, und mein Onkel würde die Tür seiner Ordination öffnen und sagen: »Der nächste, bitte.«

Das Zimmer meiner Tante war anders. Man hatte mir gesagt, ich dürfe ohne anzuklopfen eintreten. Das gab dem Raum eine überraschend entwaffnende Qualität. Die orangefarbenen Orchideen auf der Wandbespannung zitterten, wenn man die Tür schloß. Die dünnen Messingfüße des Bettes verjüngten sich zu Pfeilspitzen, die den Parkettboden kaum zu berühren schienen. »Guten Tag, Tante Elsa«, sagte ich und ging näher zu ihr.

Sie lag immer zur Seite gedreht da, ihr Haar breitete sich auf dem Kissen wie ein schwarzer Fächer aus, ihr kleines Adlernasenprofil streckte sich verwundbar der Sonne entgegen. Ich konnte so leise sprechen, wie ich wollte, sie öffnete immer sofort die Augen. Augen, die von dunkelbrauner fragiler Schönheit waren und nie auch nur die leiseste Spur von Schläfrigkeit verrieten. Es war, als hielten sie unter den geschlossenen Lidern dauernd Wache.

Dann schob sich ihr Arm unter den Bettüchern hervor. Sie runzelte die Stirn, als ängstige sie sich, und glättete sie wieder, als fühle sie sich nun bereit, das Kommende zu überstehen. Dann zog ihr Geist mit den wachen Augen gleich. »Oh, mein Gast ...« Sie lächelte. Sie küßte mich nie. Sie nahm den kleinen Blumenstrauß, den ich stets mitbrachte - ich bekam ein spezielles Taschengeld dafür. »Wie ausnehmend hübsch!« In allem, was sie sagte, war eine sorgfältige, fast zynische Förmlichkeit. Die Blumen aber umfaßte sie mit beiden Händen, in einer Geste naiven Besitzergreifens, und zog sie an den blauen Spitzenbesatz auf ihrem Busen.

»Würde mein Gast die Jalousien zuziehen?« Ich zog sie zu, obwohl wir im obersten Stockwerk waren und niemand hereinschauen konnte. Erst wenn das Zimmer im Halbdunkel versunken war, gab sie den Strauß wieder frei, und ich steckte ihn in eine venezianische Glasvase, die neben ihrem Bett stand.

»Du hast doch wohl nicht draußen Tee getrunken, Gast, oder?« fragte sie, halb unter der Decke hervorkommend, als ob das Wort »draußen« brutal an ihr zerre. »Du hast mich nicht verraten?«

»Natürlich nicht.« Ich verschanzte mich hinter Fröhlichkeit.

»Gut«, sagte sie, »solche Treue werden wir belohnen.« Und sie fiel zurück in eine siegreiche und nur ganz leicht sarkastische Müdigkeit.

Theoretisch hätte ich meine Hausaufgaben machen sollen, während sie sich ankleidete. Aber ich konnte die Stille ihres Wohnzimmers nicht ertragen. Kein Laut drang herein. Nicht einmal das allgegenwärtige Gebimmel der Wiener Straßenbahn. Es schien mir immer, daß nicht die Abgeschiedenheit des obersten Stockwerks für das Fehlen von Geräuschen verantwortlich war, sondern daß die hier herrschende Stille in Wirklichkeit ein hungriges Tier war, ein unsichtbarer Krake, der Geräusche fraß, Pfiffe verschlang, Kreischen erstickte. Das Fenster wurde von riesigen Farnpflanzen bewacht, deren grüne Dämmrigkeit ebenfalls dämpfend wirkte.

Ich warf mich in den Schaukelstuhl hinter dem Tisch. Ich wehrte mich mit einem Schwall von knarrenden Geräuschen gegen die Stille. Aber auch das Bild an der Wand war mein Gegner. Es war das Photo eines Jünglings mit schwarzem Haar und einer erstaunt hochgezogenen Oberlippe. Er war Tante Elsas Sohn, oder besser, er war ihr Sohn gewesen, denn wann immer ich meine Eltern über ihn fragte, sagte man mir, er sei »nicht mehr bei uns«.

In Gegenwart meiner Tante durfte ich ihn nicht erwähnen. Auf dem Photo stützte er sich mit einer Hand auf den Schreibtisch, während er sich vornüber in ein faszinierendes Vakuum beugte. Seine schwarzen, magnetisierenden, ausdruckslosen Augen erfaßten jede meiner Schaukelbewegungen. Er steigerte die Unwirklichkeit der Stille im Raum. Seine starren Pupillen siegten über das anheimelnde Knarren des Stuhls. Ich stürmte in die Küche.

Rosa wartete schon bei der Tür. Sie kaute vor sich hin. Ihre linke Hand ruhte auf der Keksdose. »Na, schaut euch den an«, sagte sie kauend, »fällt über mich her wie ein Wilder!«

»Ich bin hungrig«, verkündete ich aus unerfindlicher Notwendigkeit.

»Hungrig? Seine Hoheit, der Gast, wird auf den Tee warten, wenn's genehm ist.«

»Gib mir ein Keks!« rief ich und stemmte mich gegen sie.

Aber mit meiner Entschlossenheit wuchs auch die ihre. »Bist du nicht ein unziemlich gieriger Gast?« johlte sie. Ich schnappte ein Keks, und sie zerbröselte es in meiner Hand, und beide lachten wir und haschten nach den fallenden Krumen.

Sie war groß und stark, und ihr mampfender Mund verzog sich in brutaler Befriedigung. Aber irgendwie suchte ich gerade dort Zuflucht, in der Aura ihrer unerschütterlichen Gesundheit. Ich entzündete mich daran. Wir kicherten und rauften, bis die dreitönige Türglocke läutete. Das hieß, daß die Ordinationshilfe meines Onkels gegangen war. Seine Sprechstunden waren vorbei. Ich mußte zurück.

Ich traf im selben Moment im Wohnzimmer ein, in dem mein Onkel und meine Tante Arm in Arm den Raum von der anderen Seite betraten. Es war kein spezielles Gebrechen, das meine Tante beim Gehen behinderte, sondern eher eine allgemeine Müdigkeit. Unter ihrem langen, dunkel geblümten

Kleid konnte man sehen, daß ihre kleinen Pumps kraftlos über den Boden glitten; sie bewegte sich wie eine Aufziehpuppe, deren Federwerk defekt war.

Mein Onkel trug einen mattglänzenden Alpaka-Rock und einen steifen Kragen, die altmodische Tracht des Arztes; von seinen Wangen rauschte ein biblischer Bart herab. Er atmete schnell und hörbar und sah so aus, als würde er mich gern ermahnen, doch, bitte! das Obst vor dem Essen zu waschen. Aber er tat es nie. Er sagte: »Ja, da ist ja unser Gast. Hallo!«

Wenn wir alle saßen, langte meine Tante nach dem Nähkorb, der unter dem Tisch verborgen war. Sie zog einen halbfertigen Pullover mit orange-schwarzem Muster heraus und begann sofort zu stricken. Zuerst tat sie es mit einer gewissen Verstohlenheit; die Nadeln zitterten wie Antennen, und ihre Hände wurden zu kleinen zappelnden Schmetterlingsflügeln. Ihre Stimme blieb aber fest.

»Sollen wir unseren Gast unterhalten?« Das war das Stichwort für meinen Onkel, zum Radioapparat zu gehen. »Stell Straßburg ein«, sagte meine Tante. »Das ist die einzige anständige deutschsprachige Station.« Und das war das Signal für mich, das Halmabrett vom Kaminsims zu holen.

Es war das erstaunlichste Halmabrett, das ich kannte. Zum einen hatte es ein großes Monogramm in der Mitte, geheimnisvoll, denn es lautete SG, während die Initialen meines Onkels und meiner Tante EG und HG waren. Zum anderen aber spiegelte es, wie der Pullover, den Tante Elsa strickte, stets den Zustand des Unfertigen wider. Das Spiel, das wir letzte Woche unterbrochen hatten, stand, in erstarrter Belebtheit, unverändert da.

Schließlich war es – wieder wie der Pullover – mit östlicher Opulenz in Orange und Schwarz verziert. Mit feuerspeienden Drachen, sinnierenden Mandarinen und schimmernden Pagoden. Ich trug dieses Universum mit Vorsicht durch den Raum.

Ich weiß nicht, warum ich mit der Stille des Zimmers eher versöhnt war, sobald das Brett auf dem Tisch stand und wir zu spielen anfingen. Vielleicht war es der Rhythmus des Spiels, vielleicht wurde das Stricken meiner Tante gelassener. Der Schmetterling zappelte nicht mehr, sondern schwebte nun mit langsamen, ruhigen Flügelschlägen durch die Luft. Die Musik der symphonischen Stunde vom Sender Straßburg arrangierte sich mit dem Raum, verzierte seine Stille, ohne sie zu stören. Wenn meine Tante am Zug war, ließ sie für einen Augenblick die Nadeln los. Sie sprang mit ihrer Figur über eine feindliche Phalanx (sie spielte sehr gut) und sagte »Verzeiht mir, daß ich opportunistisch bin.«

Mein Onkel machte seinen Zug und murmelte verschämt: »Da ist eine Lücke, glaub ich.« Und wenn ich in der Lage war, mit meiner Figur zu springen, klopfte ich den feindlichen Figuren ein wenig auf den Kopf. Und dann war wieder meine Tante dran. Und die Symphonie schwärmte aus, der Schmetterling flog, es schien, als würde meine Tante nicht nur einen Pullover stricken, sondern uns alle in ein riesiges Muster einweben, das zurückwich, während es wuchs; als wären wir alle winzige, gewundene Ausläufer des orange-schwarzen Pullovermusters und der orange-schwarzen Halmabrettlandschaft; als verwandelten wir uns alle in erlesene und sehr weit voneinander entfernte Tapisserien und betrachteten einander durch ein Teleskop.

Dann kam Rosa mit dem Tee, und das Muster wurde durch den dumpfen Lärm zerstört, den sie verursachte, wenn sie die Tür mit dem Fuß aufstieß. Meine Tante verbarg den Pullover rasch in der Nähschatulle unterm Tisch, ergriff das Halmabrett, wie sie auch die Blumen ergriffen hatte, naiv und zärtlich, und stellte es auf den Kaminsims. Dort würde es, in einer Haltung überraschten Unterbrochenseins, wieder sieben Tage lang erstarren.

Rosa deckte den Tisch. Sie war nun ganz anders. Ein weißes Häubchen bedeckte ihr Haar, und sie benahm sich fast übertrieben fügsam. Ihr Kopf neigte sich demütig bei der Frage, ob der Herr Doktor jetzt seinen Cognac haben wolle.

Meine Tante bewegte sich nicht, nachdem Rosa gegangen war. Onkel Hugo erhob das Cognacglas und sagte: »Ich fürchte, sie hat mir ein bißchen zuviel eingeschenkt« - und trank den Cognac nach einem Augenblick geziemenden Zögerns aus. Meine Tante bewegte sich noch immer nicht; deshalb hob mein Onkel den silbernen Deckel von der Platte und rief: »Was?« Auch ich gab mich erstaunt. Wie gewöhnlich lagen da Kipferln, Weckerln, Semmeln, alle in der Größe von Manschettenknöpfen. »Kleine Bissen für kleine Gäste, nehme ich an«, sagte mein Onkel, weiterhin zu mir gewendet, aber auf meine Tante schielend, um herauszufinden, ob er sich richtig benahm. »Wie seltsam.«

»Nun, eßt eure Seltsamkeiten«, sagte meine Tante. Das taten wir. Bloß war es schwierig, Butter und Marmelade auf diese winzigen Dinger zu streichen. Ich beschmierte meinen Ärmel, und das Patriarchengesicht meines Onkels verzweifelte über einer Miniatursemmel. Meine Tante beobachtete uns mit wachsender, aber amüsierter Ungeduld. Nach und nach entfalteten sich ihre Hände.

»Erlaubt mir, meine Herren.« Das Buttermesser glitzerte in ihrer Hand. Es tanzte über die Semmeln. Es schnitt auseinander, es strich. Es lud seine Last der Gabel auf, die uns die fertige Köstlichkeit anbot, mit einem goldenen Butterrand, gefüllt mit Marmelade. Sie fütterte mich, den Elfjährigen, und ihn, den bärtigen Doktor. »Hier...«, sagte sie, »hier, das macht es einfacher.« Es war seltsam, aber nicht unpassend, denn es war nur eine andere Art, Halma zu spielen oder den Pullover zu stricken. Die Musik ebbte auf und ab, und eine freche schwarze Haarlocke fiel meiner Tante in die Stirn. »Hier... Hier...« Und das Muster wuchs und absorbierte uns und zog mich in seinen Bann.

Dann hörte die Musik auf. Die Straßburger Nachrichten, in breitem Elsässisch, begannen. Meine Tante legte das Messer weg und verschränkte ihre Finger. Mein Onkel stand auf. Beinahe erreichte er den Radioapparat. »Laß es«, sagte Tante Elsa, »wir können es genausogut zu Ende hören.«

Nun zerbrach das Muster so sehr, daß es wohl nicht mehr zu reparieren war. Die Welt »draußen« brach mit jeder neuen Meldung in den Raum herein. Meine Tante erduldete es und trank ihren Tee in kleinen Schlucken. Als die Nachrichten vorbei waren, schaltete sie selbst das Radio aus.

»So hat es also eine weitere kleine Rede in Berlin gegeben«, sagte sie und kehrte auf ihren Platz zurück. »Du sollst dich nicht aufregen«, sagte mein Onkel. »Aber ganz und gar nicht«, sagte meine Tante in eisiger Befriedigung, »aber es ist doch gut, wenn man weiß, wie's um einen steht.«

Nach diesen Worten kramte mein Onkel in seiner Westentasche, holte eine kleine braune Zigarre hervor und legte sie vor sich auf den Tisch. »Meine Liebe«, sagte er und strich behutsam über die Zigarre, »ich glaube wirklich...«

Aber nun waren die Augen meiner Tante auf mich gerichtet. »Sie hat dich dazu veranlaßt, mit dem Aufzug um die Wette zu laufen«, sagte sie.

»Ich ... ein bißchen«, stammelte ich.

»Natürlich.« Sie blickte meinen Onkel herausfordernd an. »Er ist immer noch erhitzt.« Mein Onkel legte ernst einen seiner behaarten Finger auf mein Handgelenk.

»Sie hat ihn doch wieder dazu gebracht, es zu tun. Obwohl ich es ihr so oft verboten habe.«

»Sein Puls ist ganz normal«, sagte mein Onkel.

»Er hat noch keine geistige Abwehrkraft dagegen entwickelt«, sagte meine Tante. »Sie...« Sie verstummte, denn während sie vom Teufel sprach, war Rosa hereingekommen. Sie räumte schnell und leise den Tisch ab und verriet unsere Komplizenschaft mit keinem Mampfer. Aber ihre Zungenspitze ragte ein winziges Stück zwischen den Zähnen hervor. Die Hände meiner Tante verschränkten sich; es schien, als würde sie Rosa nicht sehen.

»Und wie geht's meinem Gast in Englisch?« fragte sie mich, als das Mädchen gegangen war.

»Mein Englisch ...«, sagte ich. Im Gymnasium lernte ich Latein. Meine letzte englische Erzieherin hatte ich mit meiner Angewohnheit vertrieben, in ihrem Zimmer Fußball zu spielen.

»Ich sagte deinem Vater, daß möglicherweise Australien bald der einzige sichere Fleck sein wird – aber wer hört schon auf Kassandra-Rufe?«

»Natürlich erinnert er sich an sein Englisch«, sagte mein Onkel und liebkoste seine Zigarre, »das letzte Mal hast du ein hübsches Lied gesungen.«

»Mhm«, sagte ich, »soll ich es noch einmal singen?«

»Bitte«, sagte meine Tante, »es ist ein gute Übung«.

Und so stand ich kerzengerade auf und ließ meine Arme herabhängen, so wie ich es in der Schule tat, wenn ich Goethe rezitierte. Ich machte meine Stimme so dünn und phlegmatisch, wie ich mir die Stimmen der Engländer vorstellte und sang: *My bonnie lies over the ocean, my bonnie lies over the seas, my bonnie lies over the ocean, oh bring back my bonnie to me.*

Nicht lange danach würden wir alle drei im Auto sitzen. Obwohl die Vorhänge zugezogen waren, saß meine Tante verkrampft zwischen meinem Onkel und mir, ihre Arme bei uns eingehakt, als würden wir durch eine feindliche Welt promenieren.

Mein Onkel stieg als erster aus - bei seinem Spital. Meine Tante stieg in der nächsten Straße aus. Ich küßte die Hand, die sie mir hinstreckte. Ihre Finger fühlten sich auf meinen Lippen glatt und kühl an wie Kerzen. Ich konnte beobachten, wie sie ein Zuckerlgeschäft betrat und mit einer großen, in orangefarbenes Papier gewickelten Tafel Schokolade herauskam. Sie stützte sich auf einen Stock, ging ihren Weg mit dem stetigen, in sich versunkenen Wagemut eines Blinden und verschwand in einem spitalsähnlichen Gebäude.

Die Zeremonie meines Besuches blieb durch viele Monate völlig unverändert. Ich wurde am Mittwochnachmittag dem Auto übergeben, so wie ich am Donnerstagabend zum Hebräisch-Lehrer geschickt wurde - aus einem verstohlenen Reflex des Traditionsbewußtseins heraus. Über meine Besuche bei Tante Elsa wurde daheim nie gesprochen, bis zu einem Sommertag des Jahres 1939; zu diesem Zeitpunkt war Österreich, das kleine gepflückte Veilchen, längst in den Bach geworfen worden.

Aber die Veränderung, die sich bei Tante Elsa bemerkbar machte, ging offensichtlich so sehr über das hinaus, was mit uns passiert war, daß sich meine Eltern lange hinter verschlossenen Türen berieten, ehe sie den Entschluß faßten, mich noch ein letztes Mal hingehen zu lassen. Um Abschied zu nehmen.

An jenem Tag wartete Rosa nicht auf mich. Sie hatte verkündet, daß sie sich mit einem Mitglied der Partei verlobt habe, und war verschwunden, nachdem sie sich drei Schachteln Mandelkeks gebacken und das Geschirr schmutzig in der Abwasch stehengelassen hatte.

Der Aufzug rührte sich nicht. Laut Gesetz durfte er es für solche wie uns auch nicht mehr. Der Salon, die Ordination und das Wartezimmer waren mit einer Mauer abgetrennt und gehörten nun dem Arzt nebenan.

Mein Onkel hatte Rosas Rolle übernommen. Eine grobe braune Schürze bedeckte seinen Alpaka-Rock, erreichte die Ausläufer seines Bartes. »Der Gast«, sagte er. Er führte mich in das Wohnzimmer, seine Hand fest um meine gelegt, kaum hörbar atmend.

Im Wohnzimmer stand meine Tante, sehr stolz in ihrem dunkel geblümten Kleid. Und ich fühlte, wie sie mich beobachtete, während ich erstarrte. Denn ich sah, was meine Eltern hatte zögern lassen. Ein junger Mann saß da, Tante Elsas Hand lag auf seiner Schulter. Er aß von einer in oranges Papier gewickelten Schokolade. Er aß sie wie ein kleines Kind, die Tafel nah an seinen Mund haltend, auch wenn er gerade nicht daran nagte; seine Augen blieben wie gebannt auf das Einwickelpapier geheftet. Seine kurze Oberlippe bewegte sich unaufhörlich, wie bei einem Kaninchen. Ich erkannte ihn von dem Photo. Es war mein Cousin. Tante Elsas Sohn.

»Nun ist unser alter Gast hier«, sagte Tante Elsa mit erhobenem Kinn. »Wir hören, ihr reist morgen alle nach London ab?«

»Ja«, sagte ich. Ich wußte, daß ich nicht auf meinen Cousin starren durfte; dennoch fiel mir der orange-schwarze Pullover auf, der unter der Jacke des jungen Mannes zu sehen war.

»Nun, nimmst du es jetzt wenigstens ernst mit deinem Englisch?« fragte meine Tante.

Ich nickte.

»Das ist ganz wichtig«, sagte meine Tante. »Und hab bitte kein schlechtes Gefühl, weil wir beschlossen haben zu bleiben. Wir haben einen neuen Gast.«

Ihre Hand strich rasch über den Kopf ihres Sohnes. »Weißt du, warum sie ihn aus dem Sanatorium hinausgeworfen haben? Nicht nur wegen der Rasse. Oder warum ihm diese großartigen freien Länder kein Visum gaben? Nicht wegen der sogenannten medizinischen Gründe. Nein, sondern weil er der erste war, der es ihnen gezeigt hat. Der erste, der sich verteidigt hat. Er kehrte der Welt den Rücken zu, bevor die Welt ihm den Rücken zukehren konnte. Ich fühlte, daß er einen Grund hatte, als er aufhörte zu sprechen. Keine Mutter braucht mich zu bedauern. Jedesmal, wenn ich ihn besuchte, lehrte er mich etwas.«

Sie machte eine lange Pause. Fast schien es, als warte sie darauf, daß ihr Sohn etwas sagen würde. Dann aber wurde mir klar, daß sie sein Schweigen zur Schau stellte. »Haben sie uns bei euch zuhause als Verrückte bezeichnet? Nun, geh und frag deine Eltern heute, wer verrückt war und wer nicht.«

Ich wußte nicht, was ich sagen sollte. Meine Augen schweiften zum Kaminsims, wo sich die Figuren am Halmabrett wie von selbst in Reih und Glied aufgestellt hatten, bereit für ein neues Spiel. Und die Farne vor der Fensterscheibe sahen im einfallenden Licht aus wie die Glasmalereien eines Kirchenfensters.

Mein Onkel beugte sich über die Chiffoniere und rieb mit seinem Schürzenzipfel über einen Fleck. Alles war ruhig, seltsam vollkommen. Es gab keine Musik aus Straßburg, aber Tante Elsas Muster war nun nahtlos vollendet und unverletzlich.

»Auf Wiedersehen«, sagte ich.

Ich umarmte meinen Onkel. Sein kurzer Atem stockte. Sein Bart stach mich mit unbeholfener Liebe. Meine Tante umarmte ich nicht, denn sie hielt mir ihre Hand hin. Ihre Finger wirkten weniger wächsern und waren zum ersten Mal leicht parfümiert. Nur Stille folgte mir, als ich den Raum verließ. Stille und das leise Knistern von Stanniolpapier, als mein Cousin an der Schokolade nagte.

Der goldene Weihnachtsdukaten

Mit Sex hatte Dr. Krommbach am Heiligen Abend nichts im Sinn, wiewohl die Telephonklingel immer wieder anschlug und ihm jemand vom anderen Ende der Leitung hartnäckig »Ida, Süßes ...« ins Ohr lallte.

An jedem anderen Tag hätte Dr. Krommbach sein Radio eingeschaltet und sich von seinem Lieblingssender WQXR mit ernster Musik berieseln lassen - so laut, daß ihm alle Anrufe, speziell die nicht für ihn bestimmten, entgangen wären. Aber am 24. Dezember wollte er nicht riskieren, womöglich einen Anruf seines Sohnes Theodor zu versäumen. Es wäre Theos zweiter Anruf in diesem Jahr gewesen, und das hätte Dr. Krommbach bewogen, dem vorgedruckten Text seiner weihnachtlichen Grußkarte ein paar persönliche Worte hinzuzufügen. Zuletzt hatte sich sein Sohn im April gemeldet und dabei so hastig drauflos geredet, daß Dr. Krommbach nicht einmal den Namen seines jüngsten Enkels verstehen konnte.

Aber an diesem Heiligen Abend klingelte das Telephon nur noch einmal; fünf Minuten nach drei wollte jemand die La-Manana-Spirituosenhandlung sprechen. Theos Frist war abgelaufen. Dr. Krommbach schraubte seinen Füllhalter auf und schrieb »Vater«. Sonst nichts. Auf dem Flugpostkuvert brachte er neben der Flugpostmarke noch einen zusätzlichen »Flugpost«-Aufkleber an und hoffte damit der sprichwörtlichen Schlampigkeit der Post entgegenzuwirken.

Vor seiner Fahrt ins Stadtzentrum setzte er sich noch an die Schreibmaschine und tippte eine Mitteilung an den neuen Pfarrer:

An den
Pfarrer von St. Philip Apostel

Der beiliegende Golddukaten ist, auf der Basis des Kurses von gestern, etwas mehr als 20 Dollar wert. Er wird vom Unterfertigten für Frau Emma Philip aus Wien gespendet, die den Unterfertigten und dessen Sohn Theo vom 9. bis 11. November 1938, während des sogenannten Kristallnacht-Pogroms der Hitler-Ära, zwei Tage lang versteckt hielt. Bei seiner Abreise in die USA erhielt der Unterfertigte von Frau Philip einen Golddukaten mit der Auflage, daß in einer Kirche in der Neuen Welt zum Andenken an Frau Philips Mutter, welche an einem Weihnachtstag verstarb, Kerzen angezündet werden sollen. Der Unterfertigte entsprach diesem Wunsch bei seiner Ankunft in den USA im Jahr 1938 und hat diesen Brauch seither jedes Jahr mit selbsterworbenen Dukaten in der Kirche St. Philip Apostel fortgeführt. Frau Philips Mutter hieß Emma Hengl. Wenn der Golddukaten zu einem zukünftigen Zeitpunkt verkauft wird, sollte sich sein Wert aufgrund des sich abzeichnenden Kursanstiegs des Goldes erhöht haben.

Hochachtungsvoll
Dr. Abraham Krommbach

Dr. Krommbach polierte das lorbeerumkränzte Relief des Kaisers Franz Joseph und ärgerte sich darüber, daß nun auch schon in der Madison Avenue unpolierte Münzen verkauft wurden. Und diesem neuen, schusseligen Priester war leider zuzutrauen, daß er den Begleitbrief übersah und den Dukaten für einen großen Pfennig hielt. Dr. Krommbach schob die Münze in sein Portemonnaie und verstaute dieses in der Innentasche seines Sakkos, wo es vor Taschendieben einigermaßen sicher war.

Dann warf er durch das Vergrößerungsglas einen Blick auf das Thermometer vor seinem Fenster: 46 Grad Fahrenheit. Zu dieser Anzeige mußte man drei Grad hinzurechnen; das war die übliche Temperaturdifferenz zwischen dem Riverside Drive und dem Broadway. Dr. Krommbach entschied sich für den leichteren seiner beiden Mäntel und nahm statt des wollenen den Seidenschal.

Die Karte an Theo warf er auf der West End Avenue ein; dort wurden die Postkästen unerklärlicherweise öfter entleert als am Riverside Drive. Auf seinem Weg zum Broadway mußte er gegen einige eisige Windböen heftig ankämpfen. Es reute ihn bitter, nicht doch den wärmeren Mantel genommen zu haben. Außerdem machte sich in seiner Blase eine lästige Verkrampfung bemerkbar.

Erstaunlicherweise kam der Bus in Richtung Süden, auf den Dr. Krommbach mitunter schon 17 Minuten hatte warten müssen, diesmal bald.

Dr. Krommbach war kein praktizierender Jude, wenngleich er an so etwas wie einem jüdischen Kulturbewußtsein festhielt. Dem Christentum konnte er auch nicht viel abgewinnen, außer zu Weihnachten; das hatte schon viel Verheißungsvolles an sich.

Auch St. Philip Apostel hatte etwas Verheißungs- und Beziehungsvolles. Nicht nur des Namens wegen hatte sich Dr. Krommbach vor vielen Jahren für diese Kirche entschieden, sondern auch deshalb, weil St. Philip Apostel abgesehen von der Mitternachtsmette am Heiligen Abend auch einen Nachmittagsgottesdienst abhielt. Das machte es möglich, die Dunkelheit zu meiden und im Autobus die Seniorenermäßigung - die nur vor 16 Uhr galt - in Anspruch zu nehmen.

Verheißungsvoll war auch der stattliche Priester gewesen, der viele Jahre lang am Heiligen Abend in St. Philip zelebriert hatte; sein irischer Akzent war Dr. Krommbach auf Anhieb sympathisch gewesen. »Och, der Herrgodd segne Sie, der unsrige oder der Ihrige«, pflegte er zu Dr. Krommbach zu sagen. »Wirklich, ohne Sie wär's nicht Weihnachten.«

Voriges Jahr war dann dieser neue Priester aufgetaucht, viel jünger und mit dünnen Fingern, die nervös gegen das Meßgewand trommelten. Es hatte nicht danach ausgesehen, als würde dieser Mensch den Zweck des Dukatens verstehen; er war dermaßen teilnahmslos geblieben, daß Dr. Krommbach sogar die Frage unterdrückte, an welcher Stelle des ziemlich angeberisch umgebauten Kirchengebäudes sich jetzt das Herren-WC befinde.

Dr. Krommbach überlegte, ob er dem Schreiben an den Priester vielleicht noch seine Adresse hinzufügen sollte. Aber heutzutage war es wahrscheinlich besser, nicht allzuviel von sich preiszugeben, außerdem wäre ihm beim Geholper des Busses das Schreiben schwergefallen.

In der 46. Straße stieg er aus. Der Wind blies ihm ins Gesicht, und er stellte fest, daß die schlechte Federung des Busses sein Verlangen nach einer Toilette wachgerüttelt hatte. Auf nichts mehr war Verlaß: an all den Heiligen Abenden, an denen sich Dr. Krommbach mit seinem Golddukaten ins Stadtzentrum begeben hatte, war es dort spürbar wärmer gewesen als in der Upper West Side. Aber diesmal schien es umkehrt zu sein, und der Times Square erinnerte ihn eher an einen in der Arktis gestrandeten Zirkus. Die Neonlichter kamen ihm wie Dolche vor, die sich durch die Handschuhe in seine Haut bohrten. Scharf pfiff der Wind, und die Kälte des Pflasters fraß sich durch die Schuhsohlen in den Körper vor; vor allem in die Blase.

Bis zur Kirche waren es immer noch mehr als zwei lange Ost-West-Häuserblocks. Dr. Krommbach spürte, daß er eine Toilette benützen mußte. Aber wo? Doch gewiß nicht in einer der Bars, vor denen farbige Nichtsnutze lungerten, die ihre Gesichter unter breitkrempigen Hüten verbargen; womöglich wären sonst die Spuren ihres Umgangs mit den Dirnen, die sich hier feilboten, sichtbar geworden.

An der Ecke zur 45. Straße schöpfte Dr. Krommbach Hoffnung, als er einige gutgekleidete Weiße mit Aktenkoffern aus einem Lokal treten sah. Es schien ganz neu zu sein, jedenfalls konnte er mit seinen vor Kälte tränenden Augen kein Schild entdecken. Der innere Druck, unter dem er stand, ließ ihm ohnehin keine Wahl, und so trat er denn ein. Es schien sich um einen Zeitschriftenladen zu handeln, der – o himmlische Barmherzigkeit! – sogar mit mehreren Toiletten ausgestattet war.

Dr. Krommbach empfand das geradezu als Weihnachtsgeschenk, denn er wußte, wie spärlich gesät die öffentlichen Bedürfnisanstalten in New York waren. Noch mehr erstaunte ihn, daß die Örtlichkeit sauber wirkte und nicht unangenehm roch. Aus einem Lautsprecher klimperte Musik, und obwohl Dr. Krommbach das Lied *White Christmas* als reichlich abgedroschen empfand, erschien ihm die Musik als freundliche Geste. Ein hochgewachsener Mann - auch er freundlich - zeigte auf eine der Türen: »Du kannst zusperren, Opa.«

Dr. Krommbach trat ein, verriegelte die Tür und meinte in der Düsternis noch eine zweite zu sehen, an der sich ein Münzeinwurfschlitz mit der Aufschrift »25 Cents« befand. Gewiß ein stolzer Preis, aber konnte man denn in Amerika erwarten, daß irgend jemand etwas verschenkt? Er griff nach seiner Geldbörse und warf einen Vierteldollar ein.

Es war zu spät. Erst als er die Münze fallen hörte, war ihm klar, daß er seinen Golddukaten eingeworfen hatte. Sein Herz schlug heftig. Und um das Unheil voll zu machen, ging auch die Tür, vor der er stand, nicht auf. Was sich öffnete, war nur ein in Augenhöhe angebrachtes Guckloch, hinter dem etwas flimmerte. Dr. Krommbach mußte sich in die Einsicht fügen, daß er sich wider Erwarten nicht in einem WC befand.

Hinter dem Guckloch wurde ein Pornofilm vorgeführt. Eine spindeldürre, splitternackte Asiatin ritt - um es milde auszudrücken - auf dem Mund einer Mulattin, während eine Weiße an den Brüsten der Asiatin fingerte; alle drei hatten, um glaubhaft ekstatisch zu wirken, ihre lippenstiftbeschmierten Münder weit aufgerissen, und die hervorstehenden Rippen ihrer ausgemergelten Körper machten das Spektakel noch grausiger. Und *das* hatte sein Golddukaten entfesselt!

Dr. Krommbach wich zurück, drehte sich um und wollte fliehen. Doch in seiner Hektik kam er mit dem Schloß nicht zurecht und drückte den Riegel, statt ihn anzuheben, fest nach unten; jetzt klemmte der Verschluß in seiner Halterung fest. So sehr sich Dr. Krommbach auch abmühte - und sein rheumatischer linker Daumen begann schon zu schmerzen -, er konnte den Riegel nicht lockern. Verzweifelt stand er in der düsteren Kabine. Das obszöne Gestöhn hinter seinem Rücken wurde vom anschwellenden Pochen des eigenen Herzens übertönt; ihm schwindelte.

Er versuchte, sein altes Wiener Feuerzeug als Werkzeug zu benutzen; obwohl er vor Jahren das Zigarrenrauchen hatte aufgeben müssen, trug er es stets bei sich. Aber auch damit ließ sich der Riegel nicht bewegen. Inzwischen hatten sich die heiseren Seufzer der Asiatin zu einem orgiastischen Jodeln gesteigert, und Dr. Krommbach wußte, daß auch er bald zu schreien anfangen würde.

»Hallo!« rief er. »Ist da jemand? Ich muß hier raus!«

»Was is'n los, Opa?«

»Der Riegel hat sich verklemmt.«

»Was?«

»Ich habe was Falsches eingeworfen.«

»Einen Knopf? Der ist wohl in der Maschine steckengeblieben. Was zum Teufel ist mit dieser Tür los?«

»Ich bin eingesperrt.«

»Geh weg von der Tür! Ich versuch es von außen. Zum Teufel!«

»Dieses Lokal ist nicht ordentlich beschildert.«

»Jetzt reg dich ab, Opa!«

»Man erwartet mich in der Kirche St. Philip! Es wäre besser, wenn Sie die Polizei verständigen!«

»Ich hol einen Schlosser.«

»Ich werde Sie klagen.«

»Beruhig dich wieder, Opa! Bin gleich wieder da.«

»Hallo! Hallo, Sie! Hallo!«

Der Mann war verschwunden. Aus dem Guckloch tönte rhythmisches Geröchel, dann schien die Vorstellung zu Ende zu sein. Dr. Krommbach, mittlerweile an das Halbdunkel gewöhnt, bemerkte ein anderes Schild: »Sechsteilige Serie, 25 Cent pro Teil.« Gestärkt durch die Vorführpause, machte er sich erneut am Schloß zu schaffen, doch schon begann es hinter dem Guckloch wieder zu flackern und zu krächzen.

Diesmal begannen die Lustpiele der drei Frauen auf einem Bett. Offensichtlich war die zweckentfremdete Macht seines Golddukatens so groß, daß er damit die ganze Serie erkauft hatte, was normalerweise den Einwurf von sechs 25 Cent-Münzen erfordert hätte. Dr. Krommbach war wütend und erschüttert. Er drosch auf die Kabinenwände ein, was die Asiatin indes zu stimulieren schien. In einem blindwütigen Reflex hieb Dr. Krommbach mit seinem Stock gegen die Tür, die plötzlich aufsprang; er mußte das Schloß weggerissen haben.

Nun endlich stand er draußen, im Gang zwischen den Kabinen. Auf seinen Stock gestützt, dessen Knauf arg beschädigt war, versuchte er sich zu beruhigen. Außer dem Rasseln seines Atems war nur das allgegenwärtige *White-Christmas*-Geklimper hören, und als Dr. Krommbach auf seine Uhr sah, spürte er Schmerzen im Handgelenk.

Es war 16 Uhr 37. Unmöglich, noch rechtzeitig in St. Philip einzutreffen. Und selbst wenn er hinging - sein Golddukaten lag ja hier in einem Münzbehälter und sorgte dafür, daß diese gräßlichen dürren Frauen in immer neuen Verrenkungen auf der Leinwand erschienen.

Und keiner war da, der ihm hätte helfen können. Jetzt ging die Eingangstür auf, doch der Eintretende war weder der Betreiber des Lokals noch der Schlosser, auf den Dr. Krommbach seine einzige und nun wieder verfliegende Hoffnung gesetzt hatte, den Dukaten doch noch zurückzubekommen. Der Mann trug einen langen verschlissenen Militärmantel und sah aus, als hätte er sich eben noch an den düstersten Ecken des frostigen Times Square herumgetrieben.

Diese Enttäuschung verstärkte den Druck auf Dr. Krommbachs Blase, und er fühlte, daß der Boden unter ihm zu schwanken begann. Würde ohne den Dukaten in der Kollekte in St. Philip und ohne das Gedenken an Frau Emma Philips Güte dieses 20. Jahrhundert, das ohnehin schon in den morschen Fugen krachte, nun endlich ganz zusammenbrechen? Würden die Stützen der Moral vollends dahinschmelzen und die Höllenschlünde des Times Square die Welt verzehren?

Dr. Krommbach fühlte, daß seine Gedanken ins Irrationale abglitten. Nein, er mußte sehen, daß er hier weggkam, ehe der ansteckende Wahnsinn dieser Lokalität noch weiter auf ihn übergriff. Allerdings war ihm nun der Weg zur Straße versperrt, und nicht nur das. Der Mann im Militärmantel streckte auch noch seine Hand nach ihm aus.

»Hier sind 20 Cent«, sagte er.

»Ich bin nicht zuständig«, sagte Dr. Krommbach.

»Mach schon. Was is'n eure schärfste Nummer?«

»Sie werden schon auf den Besitzer warten müssen«, sagte Dr. Krommbach, den angesichts dieser neuen Prüfung die Ungeduld ergriff.

»Rück schon mit was Anständigem 'raus«, sagte der Mann und trat näher auf Dr. Krommbach zu. Er hatte einen überraschend gut gepflegten roten Bart, der sich anderswo besser ausgenommen hätte als in diesem verlebten, vom Schnaps gedunsenen Gesicht. »20 Cent in bar. Und ich hab noch mehr.«

»Man muß 25-Cent-Münzen in die Filmprojektoren einwerfen«, sagte Dr. Krommbach. Er hatte beschlossen, nicht zurückzuweichen, obwohl der Mann noch näher gekommen war und ihm die Faust unter die Nase hielt.

»Was is'n das hier eigentlich? Ein Nepplokal?«

»Sie könnten«, sagte Dr. Krommbach standhaft, »in der Zwischenzeit in meine Kabine gehen.«

»Sie haben eine Kabine?«

»Da drüben, die offene Tür«, sagte Dr. Krommbach. »Der Film läuft noch; ich habe eine besondere Münze eingeworfen.«

»Okay. Da sind 20 Cent.«

»Nein, danke«, sagte Dr. Krommbach.

»Was is'n los? Is amerikanisches Geld nicht gut genug für Sie?«

Weniger als zehn Zentimeter von seiner Nase entfernt schimmerten die beiden 10-Cent-Stücke in der bedrohlichen Pranke. Aber Dr. Krommbach fand, daß er sie nicht nehmen konnte. Sie hätten endgültig die Schändung besiegelt, die seinem Dukaten an diesem Tag zugefügt worden war.

»Nein, danke; betrachten Sie sich bitte als mein

Gast«, sagte Dr. Krommbach. »Es ist ja Weihnachten.«

»Oh, ja«, sagte der Mann. Die riesige Hand ließ die 10-Cent-Stücke in der Tasche des Militärmantels verschwinden und holte mit der gleichen Bewegung einen braunen Papiersack heraus. »Tja, Weihnachten. Komm, nimm einen Weihnachtsschluck auf mich.«

»Ich trinke nur Wein«, sagte Dr. Krommbach.

»Ach was. Nimm einen Schluck, Bruder. Mein Gott! Amüsier dich!«

Es war zuviel. Dr. Krommbach fielen keine weiteren Abwehrargumente ein. Er mußte den braunen Sack angreifen und die Flasche an seine Lippen führen.

Es schmeckte füchterlich. »Danke«, sagte er.

»Dank dir, Bruder«, sagte der Mann. »Hoffentlich krieg ich jetzt auch 'ne heiße Nummer zu sehen, hä?«

»Ich hoffe, der Film befriedigt Ihre Wünsche«, sagte Dr. Krommbach. Die große Hand, die nun seine Wange tätschelte, roch ebenfalls nach Fusel.

Der Mann ging in die Kabine, der Weg zum Ausgang war frei. Als Dr. Krommbach den ersten Schritt tat, spürte er feuchte Wärme an seinem Bein, zugleich nahm der böse Druck in seiner Blase ab. Plötzlich hatte er den absurden Impuls, dem Mann in der Kabine die für den Priester bestimmte Notiz zuzustecken. So verrückt es auch war - etwas drängte ihn, seine Lage zu erklären.

»Ich habe mit Ihnen auf eine Dame in Wien angestoßen«, rief er. Keine Antwort. Wahrscheinlich war seine Stimme zu leise, um sich gegen *White Christmas* und die Geräusche des Films, dessen Vorführung zu einem Weihnachtsgeschenk geworden war, durchsetzen zu können.

Dr. Krommbach trat auf den Times Square hinaus und schloß seine Augen, als ihm die Kälte des Weihnachsabends ins Gesicht fuhr. Dann versuchte er sich zu erinnern, wie lange es zurücklag, daß jemand seine Wange getätschelt hatte.

Flüchtlingszug

Als ich gerade vierzehn Jahre alt geworden war, verging kaum ein Tag, an dem mich meine Eltern nicht daran erinnert hätten, daß ich bald ein Flüchtling sein würde. »Flüchtling« gehörte damals zum Grundwortschatz unseres Alltags. Ich glaube, daß mein Vater und meine Mutter das Wort so oft aussprachen, um sich durch seinen häufigen Gebrauch zu immunisieren - so, wie man auch anderen eisigen Begriffen, etwa dem »Alter«, durch ihre ständige Verwendung den Schrecken nehmen möchte.

Aber das Wort ließ sich nicht erwärmen. Denn im Wien des Jahres 1939 gehörten wir einem verurteilten Stamm an. Wenn meine Mutter zum Friseur ging oder ich in die Schule, umarmten wir einander, ohne zu sagen, warum. Jede Umarmung hätte die letzte sein können. Wir lebten von einem Atemzug zum nächsten. Das wichtigste Geräusch der Welt war das von Schritten auf der Treppe. Draußen, in der milden Frühlingssonne, marschierten Horden junger rotbackiger Burschen durch die Stadt und sangen das Lied von der Fahne und den dicht geschlossenen Reihen.

Die Gefahren waren klar, tödlich und vertraut. Mein Vater war von ihnen verschluckt worden und dann doch wieder aufgetaucht. Aber »Flüchtling« war uns allen fremd und jenseits unserer Vorstellungskraft. Ich wußte, daß es etwas mit Armsein zu tun hatte, mit Englischlernen und mit dem Studium der verwinkelten Straßen auf dem Stadtplan von London. Doch nichts davon konnte die ganze Tiefe des Wortes ausloten. Je mehr wir uns ihm näherten, desto unergründlicher erschien es uns.

Unsere britischen Visa kamen an. Die Arisierung des Familieneigentums war vollzogen. Mein Vater beschloß, mit meinem Onkel und mir zu fahren, meine Mutter und meine Tante sollten uns einige Tage später folgen; je kleiner die Reisegruppe war, desto geringer war die Gefahr. Kleider, Bücher, Töpfe - ein wenig vom Ambiente unseres Alltags verschwand in den Koffern. Der große Umbruch stand bevor.

Der Tag war eben erst angebrochen, als mein Vater, mein Onkel und ich zum Taxi gingen, das uns für immer aus unserer Heimatstraße wegbringen sollte. Im Auto steckte mir mein Vater einen schweren Goldring an den Finger. Der Ring - das war mir klar - diente einem traurigen Zweck. In London mußten wir von dem leben, was wir mitgebracht hatten, und jeder von uns durfte nur ein einziges Schmuckstück mitführen. Dennoch fühlte ich mich durch das massive Stück Gold herausgeputzt. Der strahlende Glanz an meinem Finger hellte den ganzen Tag großartig auf.

Unsere Hausmeisterin, die irgendwie von unserer Abreise erfahren hatte, war aus dem Haus gelaufen, und zu unserer Überraschung - wir waren uns ihrer Zuneigung nicht sicher gewesen - schluchzte sie in ein großes rotgemustertes Taschentuch. Ein Stein traf das Auto, und der Gassenjunge, der ihn geworfen hatte, rief: »Fahrts gleich bis Palästina!« Als das Taxi um die Ecke fuhr und die Stätte meiner Kindheit aus dem Blickfeld verschwand, bedeckte mein Vater unsere Köpfe und betete um eine sichere Reise.

Am Bahnhof empfing uns ein vielfältiges Kolorit. Eine Kolonne singender Soldaten, deren Helme in der Sonne glänzten, marschierte zu einem Zug. Sangesfroh waren auch ein paar Hitlerjungen in kurzen schwarzen Hosen und schneeweißen Hemden, die in einen Zug kletterten, um - so stellte ich es mir jedenfalls vor - im Wienerwald zu picknicken. An den Wänden der Bahnhofshalle hingen große grelle Plakate, die gesamte Kuppel des Gebäudes war mit Hakenkreuzfahnen und -wimpeln dekoriert.

Und dennoch: Obwohl ich nun mit Vater und Onkel in der Warteschlange stand und an meiner zu engen blauen Kappe zupfte, obwohl ich am Ende dieser Warteschlange den Offizier mit dem Totenkopf auf der Mütze sah (er saß an einem Tisch, über dem auf einem Schild »Judenpässe« stand), obwohl ich wußte, daß solche Offiziere die Reisepapiere ausfolgen oder verweigern konnten, einen je nach Lust und Laune zerstören, erlösen oder - meistens - schröpfen durften; obwohl ich das alles sah, fühlte ich mich dennoch nicht wie ein Flüchtling.

Ich fühlte mich der Stadt enger verbunden als je zuvor und war von ihrer Bedrohlichkeit eigentümlich fasziniert, weil sich alles in solcher Klarheit offenbarte. Wien war für mich nie zuvor so hell und durchschaubar gewesen. Ich glaubte diese Stadt mit ihren verwinkelten, holprigen Gäßchen und ihren barocken Schnörkeln und steinernen Reliefs zum ersten Mal wirklich zu begreifen.

Ich sah sogar meinen Vater in einer neuen Gestalt, die sich erst durch den Druck und die Wirrnisse dieses Morgens geformt hatte. In »Friedenszeiten«, wie meine Eltern die Jahre vor dem Anschluß bezeichneten, war er beim Abendessen stets eine geistesabwesende Erscheinung im Nadelstreif gewesen, oder er hatte sonntags als Kaffeehausbegleiter fungiert, der mit seinem Sohn gewissenhaft über Fußball diskutierte, ehe er sich für den Rest des Vormittags hinter eine Zeitung zurückzog, um »einen Blick auf die Lage« zu werfen.

Jetzt aber, hier am Bahnhof, da wir langsam zum Totenkopf vorrückten, erschien mir mein Vater ganz anders. Die dunkle Gesichtsfarbe von der Feldarbeit in Dachau war noch nicht verblaßt. Die dortigen sieben Hungerwochen ließen sein Kinn immer noch scharfkantig hervortreten. Das verlieh ihm, in Verbindung mit seinem in Dachau kahlrasierten Schädel, ein ziemlich indianerhaftes Aussehen.

Er war der letzte gewesen, von dem ich erwartet hätte, daß er jemals in irgendeinen Zusammenhang mit Karl May, dem großen Schriftsteller meiner Kindheit, gebracht werden könnte. Aber nun ragte er hier neben mir auf; dürr, wild, sogar ein wenig absurd in seinem schwarzen Lodenmantel, den er immer trug, seit er aus dem Konzentrationslager entlassen worden war; so auch jetzt, trotz der Julihitze. Er warf einen sonderbar sorglosen Blick auf die Bahnhofsuhr, und als er zum Tisch des Totenkopfs vorrückte und nach vorgeschriebener preußischer Manier zackig unsere Namen, Paßnummern und Zielorte bellte, nahm ich trotz aller ängstlichen Anspannung in den Augen meines Vaters etwas Perverses, seltsam Lüsternes wahr.

Der Totenkopf lauschte mit halbgeschlossenen Augen. Er zog eine Akte hervor und überflog ein paar Seiten. Dann behauptete er mit dem lässigen Widerwillen eines Mannes, der beschlossen hat, eine Mücke erst zu verscheuchen, ehe er sie erschlug, daß wir dem Großdeutschen Reich die Summe von 90.000 Reichsmark schuldeten.

»Bitte meine Steuerverrechnung vorweisen zu dürfen«, sagte mein Vater.

»Sie haben mich nicht verstanden«, sagte der Totenkopf verschlafen.

»Bitte melden zu dürfen: Meine Familie hat in den vergangenen zehn Wochen von den jüdischen Volksküchenmarken gelebt. Wir haben keinen Pfennig.« Mein Vater wies drei leere Markenheftchen vor. Weder war ich je in einer Volksküche gewesen, noch hatte ich die Heftchen je zuvor gesehen, aber ich erkannte die Abzeichen der jüdischen Wohltätigkeitseinrichtung, die mein Vater jahrelang unterstützt hatte.

Der Totenkopf blickte düster auf die Belege. Sein schwarzer Ärmel schoß zum Gesicht meines Vaters vor. Mein Onkel schrie, aber mein Vater hielt mutig stand. Der Totenkopf zeichnete auf meines Vaters Stirn ein kleines »x«. Dann spürte ich den Bleistift auf meiner Haut, und auch mein Onkel fügte sich.

Wir passierten die Gepäckabfertigung. Mein Vater fing die ihm hingeworfenen Pässe auf, und dann rannten wir, die schweren Koffer hinter uns herschleppend, zum Zug; und als wir uns durch die Menge drängten, während die Lokomotive weiße Wölkchen der Ungeduld in die Luft blies, hörte ich meinen Vater gackern. Es klang wirklich wie ein Gackern, wie das Kichern eines Possenreißers, dem ein toller Streich gelungen war. Mein Vater schnitt eine Grimasse, die in seinem Mund zwei Vorderzähne freilegte, deren wölfische Länge mir bisher nie aufgefallen war.

Dieses Kichern steckte mich an. Wir bewegten uns so komisch, torkelten wie Betrunkene unter der Last unserer Koffer. Alles war so lächerlich, toll und verrückt. Und wieder stieg in mir die Ahnung hoch, um wieviel mehr diese verzweifelte Situationskomik, dieses Stolpern über den überfüllten Bahnsteig mit unserer Wirklichkeit zu tun hatte als jene gemütlichen Promenaden durch Wien, die wir früher unternommen hatten. Dieser Spießrutenlauf in die Emigration war ungleich wirklicher als die Zeiten, in denen man uns mit Hochachtung und Schmeicheleien, aber ohne Toleranz begegnet war, in denen uns die Gesichter zugelächelt und sich zugleich die Münder ein wenig verzogen hatten.

Die »Friedensjahre« waren ein höflicher Schwindel gewesen. Die Stadt hatte sie überstehen müssen, so wie schlimme Buben die letzte Schulstunde überstehen müssen. Jetzt hatte die Glocke zu ihrer Befreiung geläutet. Die Stadt fiel über uns her wie ein riesiger herausgeputzter Raufbold. Und zur Erheiterung unserer Verfolger rannten wir um unser Leben; wir rannten, von schadenfroher Hysterie umgeben, über die letzten paar Meter heimatlichen Bodens, wir zerrten und keuchten, riefen einander

Abschiedswünsche zu, während die Menschen um uns zu einer lebenden Mauer aus Spott und Hohn verwuchsen; als wir gerade auf die Plattform eines Wagens dritter Klasse kletterten, warf man uns eine Tomate nach, die auf dem Koffer meines Vaters zerplatzte.

Auf der Plattform rasteten wir. Der Zug rollte bereits, und das Klopfen meines Herzens wurde eins mit dem Rattern der Räder. Einen Augenblick lang dachte ich daran, mich jetzt als Flüchtling zu fühlen. Unter mir rollte Wien davon. Morgen würden wir, wenn alles gut gehen sollte, aus dem Zug und in eine neue Welt steigen. Aber ich konnte dieser Aussicht kein feierliches Gefühl entgegenbringen.

Ich war froh, als mich mein Vater aus den Gedanken riß und auf das Gepäck deutete, und ich fand es logisch und großartig, daß er, statt die geplatze Tomate wegzuwischen, den Finger in das Fruchtfleisch steckte und davon kostete.

Wir zerrten unsere Koffer über eine schwindelerregende Verbindungsbrücke in den nächsten Waggon. Der Schaffner, der uns auf dem teppichbespannten Korridor der ersten Klasse entgegentrat, unterstrich seine Würde durch kolossale stahlumrahmte Brillen, die von seiner rosigen Nase nur schlecht gehalten wurde; das verlieh ihm etwas von einem Zirkusclown.

Er schüttelte zornig den Kopf und fragte, was wir uns eigentlich vorstellten. Mit einer zweiten Kopfbewegung wies er die Fahrkarten meines Vaters zurück; wo wir die Platzkarten hätten? Wir hatten keine. Aha, das sei also wieder einmal typisch! (»typisch« war in solchen Fällen stets ein Hinweis auf unsere Abstammung). Wir sollten uns beim Zugführer melden.

Und dann schien es ganz natürlich, daß sich mein Vater gehorsam zeigte und langsam in die Richtung voranging, in die der schaffnerische Zeigefinger gewiesen hatte; jedenfalls so lange, bis die rosa Zwergmaske nicht mehr in Sicht war. Und daß er dann, wieder mit einem Gackern, die Tür eines Abteils erster Klasse öffnete, in dem ein einäugiger Wehrmachtsmajor saß. Mein Vater schlug die Hakken zusammen, verbeugte sich und sagte schneidig: »Erlaubt?«

Der Major hob den Blick langsam vom Buch, das er gerade las. Ich erinnere mich gut an ihn. Der Schirm seiner Mütze ließ seinen langen Schädel noch länger wirken, die langen, flachen Nasenlöcher gaben ihm etwas vom Aussehen eines blassen Hengstes; eines Schecken, wenn man die scharze Augenklappe in Betracht zog. Er beäugte uns gut zwei Sekunden lang und sagte kein Wort, dann wendete er sich wieder seinem Buch zu. Doch als ich uns schon hinausgeschmissen wähnte, langte er nach der Weinflasche, die in der Mitte des Abteiltisches stand, und zog sie näher zu sich. Das sollte wohl bedeuten, daß wir aufgenommen waren.

Mein Vater schnarrte »danke«. Mein Onkel und ich verstauten das Gepäck. Als wir es uns gerade bequem gemacht hatten, sprang die Tür auf, davor stand der entrüstete Schaffner: »Das ist ja unglaublich!«

»Wir haben die Erlaubnis des Herrn Majors«, sagte mein Vater höflich, während er den losen Fenstervorhang festband.

»Wirklich?!« sagte der Schaffner.

Der Major las taub sein Buch und nippte am Wein. Der Schaffner räusperte sich amtshandelnd. Wohl um Zeit zu gewinnen, bat er um die Fahrkarte des Herrn Offiziers. Der Major griff sogleich in eine Rocktasche und entfaltete mit leisem Schlag sein Billett. Einen Augenblick später präsentierte mein Vater mit gleicher Unverzüglichkeit unsere Fahrkarten und entfaltete sie mit gleichem Schlag. Die exakte Übereinstimmung dieses Ablaufs schuf eine Aura der Solidarität zwischen dem Major und meinem Vater, auf die der Schaffner mit einem bitteren »Ja so?« reagierte. Der Biß seiner Zange in unsere Fahrkarten meinte Böses, klang aber ohnmächtig. Er blies zu keinem Gegenangriff, solange er im Abteil stand. Erst als er hinausstolzierte, ließ er ein sehr gedehntes: »Interessant!« vernehmen, das zu verstehen gab, daß die Angelegenheit für ihn bei weitem noch nicht beigelegt war.

Im Nachhinein mag man das Verhalten meines Vaters für schlaue Taktik halten, aber damals empfanden wir es schlichtweg als irrwitzig. Doch es lag eine Verrücktheit darin, die uns auf wundersame Weise gegen die Verrücktheit rund um uns wappnete. Er saß im schwarzen Mantel auf dem roten Plüsch, und mehr denn je glich er einem von Karl Mays stoischen wilden Apachen. Die Unvernunft, die in seinen Augen blitzte, war so etwas wie ein Talisman für uns.

Er schlug vor, Englisch zu üben. Mein Onkel begann mir Hilfszeitwörter einzudrillen. Das dunkle Rätsel »Flüchtling« entströmte dem druckfrischen Geruch meines Lehrbuches. Aber das Wort Flüchtling konnte sich in meinem Verstand auch dann noch nicht einnisten, als die mir vertraute Welt mit jeder Donaubiegung weiter hinter uns zurückblieb. Das Davongleiten der Heimat erschien mir ebenso unwirklich wie die Konjugation von »I am«, »I can«, »I have«. Wirklich waren nur die rotschimmernden Pölster in unserem Abteil; in ihnen fühlte ich mich inmitten aller Wunder und Gefahren geborgen.

Die Landschaft Oberösterreichs segelte in grünen Wellen am Horizont vorbei, während der Reflex der Sonne am Abteilfenster höher kroch. Ich wurde hungrig. Ich beobachtete das Sinken des Pegels in der Weinflasche des einäugigen Majors, der las und still und stetig nippte, ein Knie sorgfältig über das andere geschlagen, das Buch wie eine Maske vor das Gesicht gehalten, halb Buddha, halb gescheddtes Pferd. Ich fühlte mich mit allem, was noch kommen sollte, wundervoll vertraut.

Die bayrischen Hügel schwangen hoch, flachten ab. In Franken schaukelte der Speisewagenkellner singend durch den ganzen Zug. Der Offizier erhob sich zu unerwarteter Größe, nahm die Mütze ab, legte verdrückte blonde Locken frei, und während er hinausging, zog er sich nicht nur mit einer leisen Rückenkrümmung zusammen, sondern deutete eine regelrechte Verbeugung an. Ich war hungrig und nahm es mir zugleich übel, mich bei all den Wundern dieser Reise einem derart prosaischen Gefühl hinzugeben. Aber mein Magen knurrte immer heftiger. Ich beobachtete jeden, der an unserem Abteil vorbei zum Waggonende schritt; dort war der Durchgang zum Speisewagen. Und ein Schild, auf dem in schönen, geschnörkelten gotischen Buchstaben »Juden ist der Eintritt verboten« stand.

Ein Süßwarenverkäufer bahnte sich rufend den Weg durch den Korridor. Mein Herz hoffte, mein

Magen betete, mein Vater hatte sich bereits halb erhoben. Aber der Schaffner tauchte auf, flüsterte ins Ohr des Verkäufers, deutete durch die Glastür auf uns. Der Verkäufer ging weiter.

Dann fuhr der Zug in Nürnberg ein. »Paß auf«, sagte mein Vater. Er zog den Vorhang vor der Tür zu. Und schneller, als ich es wahrnehmen konnte, war er in den Mantel des Majors geschlüpft und hatte sich die Offiziersmütze aufgesetzt. Wieder war es nicht die tollkühne Tat, die mich so verblüffte, sondern der Umstand, daß dieser grinsende Desperado, der sich jetzt sogar in einer Andeutung von Stechschritt vorwärtsbewegte, einst mein nadelgestreifter »Friedenszeitenvater« gewesen war.

Einen Augenblick später beugte er sich mit preußischem Schwung aus dem Fenster, winkte mit einem Geldschein und brüllte nach einem Bahnsteigverkäufer. Als Mütze und Mantel des Majors wieder am Haken hingen, lagen sechs dampfende Würste, sechs Scheiben Schwarzbrot und sechs Portionen Senf auf dem Tisch, und wir schmatzten munter drauflos.

Als der Major zurückkam, büffelte ich längst wieder englische Grammatik. Er schob die Tür mit solchem Knall beiseite, daß ich aufschrak. Ich glaubte, daß unser erschlichener Schmaus entdeckt worden sei. Doch als wolle er seinen stürmischen Eintritt ungeschehen machen, nahm der Major in Stille und steifer Würde wieder seinen Sitz ein. Er stellte einen weißen Papiersack auf den Tisch, näher zu meinem als zu seinem Platz. Und zwei weitere Flaschen Wein, deren erste sich zügig leerte, da er regelmäßig an ihr nippte. Er fixierte mich - vor allem mich - mit aufmerksamer Strenge, und dann lehnte er sich zurück, um, wie es schien, ein Nickerchen zu machen.

Aber ich mißtraute ihm, vor allem nach dem Blick, mit dem er mich zuvor gemustert hatte. Sein Mittelfinger klopfte dauernd gegen sein Knie. Ich hatte die schaurige Vision, daß in dem Augenblick, in dem er sein »gutes« Auge schloß, sein anderes zu sehen anfing. Die schwarze Augenbinde erschien mir als grimmige Riesenpupille, die mich bohrend anstarrte.

Ich versuchte zu entfliehen. Aber wohin ich mich auch drehte, sein Kopf schien mir zu folgen. Ich sah aus dem Fenster. Die Lebkuchenlandschaft Frankens zog vorbei, während die Sonne feuerrot unterging. Mein Vater saß stumm und stoisch da. Auch mein Onkel rettete mich mit keiner grammatischen Frage, obwohl wir die unregelmäßigen Verben noch nicht durchgenommen hatten. Im Abteil wurde es düsterer, und das Zyklopenauge verfolgte mich mit anhaltender Unerbittlichkeit. Und dann kam – wie ich es geahnt hatte – der Moment, in dem das andere Auge wieder erwachte.

Der durchdringende Blick des Majors pfählte mich. Dann sagte der Offizier mit norddeutschem Akzent: »Ein Junge, der sein Speiseeis schmelzen läßt, ist ein ungezogener Lümmel.« Ich war wie gelähmt. Aber mein Vater packte zu. Aus dem weißen Sack, den der Offizier auf den Tisch gestellt hatte, fischte er einen großen durchnäßten Eisbecher.

»Iß das Eis, das dir der Herr Major gebracht hat!«

»Ja«, sagte der Major. »Ein Holzlöffel wurde zur Bequemlichkeit unseres jungen Tunichtguts beigefügt.« Er schien über die feuchte Schweinerei sehr erbost zu sein.

Ich benützte den Löffel. Ich aß. Der Monoblick war immer noch auf mich gerichtet, und ich schmeckte kein Aroma: nur Nasses. Ich schleckte beständig, während der Major steif und schlafwandlerisch, das sichtbare Augenlid geschlossen, immer wieder einen Schluck Wein nahm.

Nie zuvor und nie danach ist mir ein derart bodenloser Eisbecher untergekommen.

»Möglichkeiten müssen genützt werden«, sagte der Major um eine Spur versöhnlicher, »vor allem dann, wenn es darauf ankommt.«

»Jawohl, Herr Major«, sagte mein Vater.

»Unsere Seite hat ihre Möglichkeiten genützt.«

»Jawohl, Herr Major.«

»Ich erwarte deshalb von der Gegenseite, daß auch sie ihre Möglichkeiten nützt.«

»Jawohl, Herr Major.«

»So kann es Fairneß geben. Fairneß ist machbar.«

»Jawohl, Herr Major.«

Plötzlich stand der Major auf. »Man kann darauf trinken!« Er griff hinter sich in eine Ledertasche und förderte drei Gläser für uns zutage.

»Ich bin berechtigt, mit intelligenten Menschen, ganz gleich wem, auf etwas zu trinken«, sagte er kühl zu einem unsichtbaren Zwischenrufer, goß den Rest des Weins in die Gläser und warf die Flasche, empört über ihre Leere, aus dem Fenster. Unser Zug fuhr gerade in Frankfurt ein.

»Ein Toast auf die Fairneß«, sagte er mit erhobenem Glas.

»Danke, Herr Major«, sagte mein Vater, der es ihm, genauso wie mein Onkel, gleichtat.

»Niemand ist zu jung, um sein Glas darauf zu erheben!« donnerte der Major, denn das bislang über mich verhängte Verbot des Konsums jeglicher Rauschmittel hatte mich zögern lassen.

»Wir haben die Ehre, auf die Fairneß anzustoßen!« verkündete der Major aus beeindruckender Höhe. »Auf den Anstand! Auf ehrliche Möglichkeiten! Auf gegenseitiges Verständnis!«

Mit jedem Ausruf stieg sein Arm höher hinauf. Es war ein seltsames Schauspiel: unser ungleiches Quartett, das im rüttelnden Coupé einen Ritus zelebrierte. Ich sah das Ende nicht, denn ich schloß bei der mir unbekannten Berührung mit dem Alkohol vorsorglich die Augen.

Etwas Scharfes biß meinen Mund, im Rachen brannte es. Gleichzeitig hielt der Zug mit einem plötzlichen Ruck an. Vielleicht entglitt dem Major deshalb das Glas, vielleicht warf er es zu Boden, um einem Brauch zu entsprechen. Jedenfalls hörte man es klirren, dazu allerlei »Frankfurt!«-Rufe und Türenschlagen.

Gleichzeitig mit dem ersten Schwips meines Lebens senkte sich auch der Abend sanft, schwer und unberechenbar, nieder.

Die folgenden Stunden waren voller Gefahr und Bedeutung, doch ich kann darüber keinen gültigen Bericht ablegen, da ich die Ereignisse nicht wachen Sinns wahrnahm; meine Erinnerung beschränkt sich auf Masken, die mich in einiger Entfernung umkreisten.

So tauchte zum Beispiel ein zwergenhafter Offiziersbursch auf und trug die Habseligkeiten des Majors – und, wie mir schien, auch diesen – auf dem Rücken davon. Eine große Frau im Pelz glotzte uns an und verschwand wieder. Der Schaffner kam, und seine Zange nagte an unseren Fahrkarten; eine

Horde weiterer Reisender trampelte, drang ein, ging wieder – und dann nichts mehr.

Das Klappern der Räder klang wie ferner Hufschlag; Nacht, Schwärze. Ein riesiger gezackter Schemen, wahrscheinlich der Kölner Dom, leuchtete aus dem Dunkel, dann wieder unbehelligte Finsternis und Hufschlag.

Plötzlich mit einem Schlag schmerzhaft grelles Licht. Unser Gepäck am Boden des Abteils verstreut, Uniformierte, die in den Koffern wühlen, Hände, die wie Maulwürfe durch Hosen, Hemden, Seifen und Bücher pflügen. An der Tür der Schaffner mit den blitzenden Brillen, ganz Racheengel, auf eine kleine Schmuckschatulle weisend.

Hier werden in meiner Erinnerung wieder die Geräusche wach. Eine gewaltige Baßstimme schmetterte, daß für Juden das Schmuggeln von Juwelen automatisch zur Verhaftung und zum Einzug der Pässe führe. Mein Vater mußte einen Schlüssel herausfischen. Die kleine Schachtel schnappte auf.

Ein Eisernes Kreuz lag darin, auf blauem Samt. Mein Vater erklärte, es sei die Auszeichnung seines Cousins, die man diesem während des Großen Krieges posthum für heldenhaften Widerstand gegen die Russen verliehen habe. Er bat um die Erlaubnis, den Orden mitnehmen zu dürfen. Der Uniformierte wurde nachdenklich. Ich überlegte, ob es so einen Cousin gegeben hatte, denn das Kreuz sah wie eine der Medaillen aus, die in der Fabrik meines Vaters hergestellt worden waren. Während meine Gedanken noch über dieser Frage kreisten, verschwand der Uniformierte. Dann warf ein anderer, diesmal in grüner Uniform, einen kurzen Blick in das Abteil und ging weiter.

Der Zug rollt wieder. Mein Vater zog den Vorhang zu, fischte sein Taschenmesser heraus und begann am Eisernen Kreuz zu ritzen; unter dem Kratzer blitzte es golden hervor. Erst jetzt verstand ich den Streich - und, daß wir es geschafft hatten: wir hatten die Grenze überquert! Wir hatten tatsächlich die deutsche Grenze überquert, wir waren in Holland! Nun waren wir wohl wirklich Flüchtlinge.

Während der weiteren Reise kämpfte mein müdes Hirn mit dieser Erkenntnis. Ich erinnere mich dunkel, daß der elektrische Gepäckwagen in Hoek van Holland nicht nur unsere Koffer, sondern auch mich beförderte, und daß dies rundherum Heiterkeit auslöste.

Später, als unser Schiff den Ärmelkanal überquerte, blies der lebhafte Wind ein wenig Munterkeit in meine Gedanken, aber ich konnte noch immer kein Gefühl der Entspannung, der Erleichterung oder des Eintritts in eine neue Existenz empfinden. Im Gegenteil: Die hellpolierte blaugoldene Kuppel des Sommermorgens schien mir jener der Wiener Bahnhofshalle verblüffend ähnlich zu sein. Dieselbe Sonne, in der die Hakenkreuze geglitzert hatten, spiegelte sich nun in den Rettungsbooten der Fähre. Die Welt schaukelte auf Schaumwellen, versank unter Möwenschreien.

Lautsprecher dröhnten *Roll out the barrel*, Schwärme französischer Touristen trippelten umher; sie unterhielten sich über uns und kreischten bei jedem Schlingern des Schiffs, was mich an die Benützer der Hochschaubahn im Wiener Wurstelprater denken ließ. Sie baten meinen Vater (mein Onkel war mit seiner Seekrankheit voll beschäftigt), sie mit umgelegten Rettungsringen zu photographieren; er tat's. Dann setzte er sich - nach wie vor im Lodenmantel - auf einen Koffer und wartete.

Wartete worauf? Auf den englischen Boden, der zwar dankenswert fest, aber auch nicht anders beschaffen war als jener, von dem man uns gerade vertrieben hatte? Auf die blaßnasige alte Dame, die im Zug nach London saß und in schwermütiger Schweigsamkeit etwas aus schwarzer Wolle strickte (in meiner Phantasie eine zweite Augenklappe für den Major)? Auf die unendliche Abfolge roter Dächer und grüner Hecken, deren Anblick mich einschläferte? Auf den dunkel gefärbten Dialekt der Londoner, dessen Klang mich wieder weckte? Auf das Taxi, das uns durch ein Gewirr nebelverhangener Straßen zu der Wohnung brachte, die das jüdische Hilfskomitee für uns aufgetrieben hatte? Oder auf das Zimmer, in das uns endlich ein ungefähr 17jähriges Mädchen mit einem herabbaumelnden rosa Hemdträger führte?

Natürlich hatte mein Vater, wie wir alle, auf dieses Zimmer gewartet. Es besiegte sogar meine Niedergeschlagenheit und lenkte mich von dem baumelnden rosa Hemdträger ab, der mein behütetes 14jähriges Ich irritierte. Dieses Zimmer enthielt, ohne sie freilich sofort zu offenbaren, die letzte Wahrheit unserer Reise.

Es war riesengroß. »Ein Zimmer - bestens für zwei Familien geeignet«, wie das Mädchen meinte, während sie auf den Vorhang deutete, der in der Mitte des Raumes entlanglief und dessen Unterteilung ermöglichte. Dies war das Zimmer, in das - wie sie ankündigte, die »Mum« jeden Augenblick treten würde, um uns willkommen zu heißen.

Es war ein dunkles, niedriges, atemberaubend

verdrecktes Zimmer. Lurchgirlanden hingen an den papierenen Lampenschirmen; der Staub von Jahren ließ die tiefen Armsessel wie schuppige Nilpferde erscheinen; er bedeckte auch das ungewaschene Geschirr im Abwaschbecken und das Wandtelephon. Er lastete gleich einer Schneedecke auf der hügeligen Zimmerlandschaft und verlieh ihr die Stimmung eines Traumbildes. Dieses Zimmer war in mancher Hinsicht das überraschendste Wunder unserer Reise.

Mein Vater hob einen der leeren Kissenüberzüge auf, die neben einem Sessel auf dem Boden lagen, und begann, damit über die Wand zu wischen. Eine kleine Staublawine rieselte herab, und ein weißer Fleck erschien. Gedankenverloren schuf mein Vater einen weißen Fleck nach dem anderen, er ging entlang der Wand von einem Zimmereck zum nächsten und wischte. Mein Onkel und ich beobachteten ihn dabei, während wir zwischen den Möbeln umhergingen wie Touristen zwischen berühmten Ruinen.

Und dann brach die »Mum« über uns herein. Sie schrie schon, ehe sie eintrat, als hätte jemand sie im Flur überfallen. Sie war ein rotes, feistes Geschöpf in einem grellfarbigen Hausmantel, der hinter ihr herflatterte. Sie griff hastig nach dem Überzug, mit dem mein Vater Staub wischte, und schrie: »Mein bester! Das ist mein absolut bester!« Einer heidnischen Priesterin gleich stand sie in ihrem roten Rock vor den grauen Zimmerdünen, hielt in einer Hand den beschmutzten Überzug, deutete mit der anderen pathetisch auf eine Reihe von Gegenständen und versprühte Wortkaskaden in einer, wie mir schien, ausgestorbenen Sprache.

Und erst, als sie mit wehenden Mantelschößen abtrat, erst, als sie mit scharfem Ruck den Schlüssel aus dem Schloß zog und treppabwärts immer noch murmelnd aus unserem Blickfeld verschwand, erst da verstand ich, was sie gemeint hatte. Sie hatte gemeint, daß sie uns ihr bestes, ihr größtes Zimmer gegeben hatte; das - wie sie hervorhob - mit dem Telephonanschluß an der Wand dort; das mit dem Kniekissen da; das mit ihren besten Überzügen, die sie über die Sessel hatte stülpen wollen, aber dazu war sie noch nicht gekommen. Und wir hatten ihre Hilfsbereitschaft in den Dreck gezogen, weil wir ihre selbstgenähten Überzüge zum Staubwischen verwendet hatten. Sie waren so schwarz geworden, daß ihnen auch kein Bleichmittel mehr helfen konnte.

Nicht einmal, wenn sie bis zum letzten Penny verarmt wäre, würde sie sich mit solchen Gästen einlassen. Wir waren erledigt. Wir waren gekündigt, noch ehe wir eingezogen waren. Wie betäubt standen wir im Zwielicht des Zimmers. Mein Vater flüsterte mit meinem Onkel, dann schrieb er »for damages« auf ein Blatt Papier und faltete es um einen Zehn-Schilling-Schein. Er gab mir einen Klaps auf die Schulter, kicherte und sagte: »Bring ihr das.«

Und ich machte mich, nicht ohne eine gehörige Portion Gänsehaut, auf den Weg.

Vielleicht - so denke ich mir jetzt - lernte ich damals mit meiner Furcht anders umzugehen. Vielleicht hatte ich bereits herausgefunden, daß erfolgreich überstandener Terror zum Abenteuer wird. Und vielleicht ahnte ich damals schon, daß alle uns von den Nazis zugefügten Leiden sich eines Tages in einen Schatz verwandeln könnten, dessen Wert wir selbst kaum begreifen.

Ich erinnere mich, wie ich zaghaft über den Treppenläufer hinunterging, dessen mausgraue Noblesse durch den von der Wand blätternden Putz überlagert wurde, und ich erinnere mich, wie ich mit sonderbarer Befriedigung dem Knarren lauschte, das jeder meiner Schritte verursachte; alles roch süßlich-schal nach Moder, und ich hatte das Gefühl, auf einem riesigen Parfumzerstäuber zu wandeln, der auf jede meiner Bewegungen reagierte.

Am ersten Treppenabsatz begegnete ich dem Mädchen mit dem nach wie vor verrutschten Hemdträger. Ich verbarg meine prickelnde Nervosität hinter mangelndem Sprachvermögen. »Mum?« fragte ich mit angedeutetem Schwung eines Hausmantels. Sie gestikulierte zurück und wies mit ihrem etwas schmutzigen Daumen nach unten.

Ich dankte mit einer fast höfischen Verbeugung und ging zwei weitere Stockwerke hinunter, bis ich bei einer offenen Tür anlangte. Dahinter saß die »Mum« und telephonierte. Aus dem aufgebrachten Tonfall schloß ich, daß sie gerade mit meinem Vater sprach. Sie deutete auf das Papier mit der Banknote, das ich in der Hand hielt, und zeigte auf einen Tisch in ihrem Salon; dort sollte ich es ablegen. Die Katze, die eingerollt auf dem Tisch schlief, war ebenso staubig wie alles andere in diesem Haus. Ein Nicken der Hausfrau entließ mich.

So lief ich die Treppen hinauf, diesmal ohne Konfrontation mit dem verrutschten rosa Hemdträger. Doch plötzlich nahm ich Geräusche wahr, die ich am Weg hinunter zwar schon gehört hatte, aber nicht deuten konnte – es war ein Schlüssel zu der mir neuen Sprache eines Hauses mit dünnen Wänden.

Husten, Stöhnen, Leidenschaften - Geheimnisse schwebten durch die Luft. Als ich durch das Treppenhaus stieg, schien es mir, als wäre ich den ganzen vergangenen Tag durch einen langen Tunnel gefahren, dessen Eingang bei unserem Haus in Wien lag; hinter jeder Krümmung dieses Tunnels gab es kleine Nischen, aus denen sie der Reihe nach hervorkamen: der Totenkopf mit dem Bleistift, der bebrillte Schaffner, der einäugige Major, der kontrollierende Maulwurf, die Franzosen am Schiff, die »Voulez vous ...« riefen, die englische Dame, die schwarzes Schweigen strickte. Das Ende des Tunnels war hier, bei der Tür mit dem schiefen Bronzeklopfer, vor dem Eingang in diese parfümierte Staubgrotte mit ihren seltsamen Geräuschen.

Als ich die Tür zu unserem Zimmer öffnete, zerstob die Vision, der Tunnel verschwand. Ich sah, daß mein Onkel auspackte, wußte, daß wir hierbleiben würden. Die »Mum« hatte uns verziehen, wir waren angekommen.

Mein Vater stand vor dem Abwaschbecken und spülte Geschirr. Er, der während unserer Reise die Karl May-Helden in den Schatten gestellt hatte, stand tatsächlich da und spülte Geschirr. Er hatte nicht nur den schwarzen Lodenmantel abgelegt, sondern auch all das Indianische, das er noch vor kurzem an sich gehabt hatte. Er stand gebeugt da, die Hände im Wasser. Es stach in mein Herz, aber ich mußte es glauben. Ich sah zum ersten Mal, daß sein Haar wieder zu wachsen begann - außer an einem kahlen Fleck in der Kopfmitte. Ich sah es, weil er das Licht aufgedreht hatte: eine nackte Glühbirne, die wäßriges Gelb verstrahlte und das Dunkel der Situation nur noch verstärkte.

Auf der Kommode sah ich einen Zettel mit der Adresse des Hilfskomitees, an das sich morgen mein Vater und mein Onkel in der Hoffnung auf Arbeit wenden wollten. Ich hörte rund um uns das teilnahmslose Gebrüll der fremden Stadt, das an der Schwelle dieses Zimmers abebbte.

Ich steckte die Hände in die Hosentaschen, weil mich so fröstelte. Ich mußte es alles glauben. Es war wirklich so, und mein Herz bebte, wie es nur in ganz bestimmten Situationen bebt - etwa dann, wenn man ein Theater nach Ende der Vorstellung verlassen hat und plötzlich wahrnimmt, daß die karge, frostige Wirklichkeit das eigene Zuhause ist; oder dann, wenn einem bewußt wird, daß man an alle Tage seines Lebens glauben muß. Jux und Tollerei waren vorbei. Ich zog die Hände aus den Taschen und nahm den Ring ab, noch ehe ich darum gebeten wurde. Ich wußte, daß er verkauft werden mußte. Jetzt war es endlich über uns gekommen. Ich war ein Flüchtling.

Als ich zum Ladendieb wurde

Es war einer jener prachtvollen Tage, an denen einem nichts als Stumpfsinn aus der Schreibmaschine rinnt - so hatte das Ganze angefangen. Der Vormittag ließ sich eigentlich ganz angenehm an, bis sich der Dämon des westlichen Mannes in mir rührte. Es war elf Uhr früh, und die Luft roch nach Con Edison. Mein Blick aus dem Fenster fiel auf eine glänzende, aber ungerechte Welt.

Unten, am Randstein vor unserem Haus, türmte sich ein Haufen, der einmal Schnee gewesen sein mußte. Mittlerweile sah er allerdings aus wie ein riesiger, rußiger Meteor von einem bösartigen Stern. Jedes Präservativ, das den Hudson hintertrudelte, hatte bessere Chancen sich aufzulösen. Dieser Haufen würde nicht nur den Sommer, sondern wahrscheinlich auch die Republik überstehen. Die Müllabfuhr hielt ehrfürchtigen Abstand und wartete darauf, daß die Denkmalschutz-Behörde eine ihrer Erinnerungstafeln anbringen würde.

Es wurde Mittag, und dieses versteinerte Stück verdorbenen Wetters dachte nicht daran zu tauen, sondern glitzerte im Einklang mit einem schwarzen

Plastik-Matterhorn aus Mistsäcken, das die Müllabfuhr als kostbares Kunstwerk unberührt zurück gelassen hatte. Bis ein Uhr hatten sämtliche Hausmeister unseres Blocks dafür gesorgt, daß der Haufen auf die doppelte Größe angewachsen war. Zwanzig nach eins: ein Postwagen spuckte im Vorbeifahren zwei Säcke voll Vormittagspost aus. Zweifellos, da drinnen würde sich der Expressbrief meines Verlegers befinden und der Scheck meines Agenten; das Geld hätte schon letzten Monat ankommen sollen. Und ebenso bestand kein Zweifel, daß der Briefträger, der die Säcke öffnet und die Briefkästen vollstopft, erst in der Dämmerung auftauchen würde, zu spät, um etwas aufs Bankkonto einzuzahlen oder irgend jemanden noch während der Bürozeit zurückzurufen. In der Zwischenzeit würden die Säcke am Gehsteig liegen, ölig glänzendes Segeltuch, das den strahlenden Misthaufen noch vergrößerte. Ein hoffnungslos vertrautes Panorama aus nicht-entfernten Schneeresten, nicht-abgeholtem Müll und nicht-zugestellter Post. Prachtvoll.

Meine unangemessenen Reaktionen waren schon immer ein Problem für mich. Ärger macht hungrig. Jetzt war es beinahe zwei Uhr. Wo blieb bloß die versprochene Lieferung von Food City? Verloren, verloren in diesem falschen Labyrinth schwarzer Alpen. Ich ging also hinunter, um Sardinen zu kaufen und gleichzeitig an die frische Luft zu kommen. »An die frische Luft«, das war typisch für meine übertriebenen Erwartungen. Entlang der Häuserblocks von der 83sten bis zur 86sten Straße strahlte die Sonne auf sechs nervenkranke Buchenknospen, zwei zitternde, paranoide Eichhörnchen und 317 unzureichend verdaute Haufen Alpo-Hundefutter, die immer noch ziemlich heftig stanken. Bei der 86sten Straße produzierte gerade ein Pudel von der Größe eines Bernhardiners die Nummer 318, exakt in der Mitte des Gehsteigs. Sein Würstel wuchs unter dem verständnisvollen Lächeln des Besitzers, keinen halben Meter von einem Schild entfernt, auf dem sein Herrl aufgefordert wurde, das Vieh und dessen Verdauung in Zaum zu halten.

Ein Funkstreifenwagen parkte genau neben dem Fußgängerübergang, beide Polizisten waren in Gespräche vertieft. Der eine scherzte mit einer Blondine, deren Porsche deplaziert am Fußgängerübergang stand; der andere mühte sich mit einem sommersprossigen Schulschwänzer ab, der sein rotzgetränktes Taschentuch auf den einzigen Grashalm am ganzen Riverside Drive geworfen hatte, genau unter die am Baumstamm angebrachte Verbotstafel WER HIER SEINEN ABFALL WEGWIRFT, VERSCHMUTZT UNSERE STADT UND VERHÄLT SICH UNSOZIAL. BITTE TU'S NICHT! Er tat's sofort wieder, diesmal mit der Verpackung eines Eislutschers.

Ich schaute, daß ich weiterkam. An der West End Avenue ließ eine ganze Elefantenherde von Crosstown-Bussen gemeinsam die Motoren im Leergang laufen, ihre Abgase verschlimmerten den auch so schon recht gewaltigen Gestank.

Ich flüchtete auch davor, und zwar in den Broadway-Supermarkt, wo die Luft auf künstliche Weise nicht ganz so mörderisch roch.

Aber nach zwei Minuten zündete sich der Angestellte, der direkt vor mir um neun Cents höhere Preise auf die Waren stempelte, eine Kent an und blies einen Rauchring gegen die Wand, genau dorthin, wo das NO SMOKING-Schild der Gesundheitsbehörde hing.

In diesem Moment wußte ich, daß ich stehlen mußte.

Ich mußte im Namen der Öffentlichkeit stehlen und um meine Seele zu retten. Das System hatte die Menschheit hinten und vorne ausgebeutet, allein während der letzten drei Stunden tausendmal beraubt. Ich wäre ein Dreckschwein, würde ich mich jetzt mit meiner Sardinendose in der Hand gehorsam bei der Express-Kasse anstellen. Aus Selbstachtung und aus Selbstverteidigung mußte ich stehlen.

Doch dann – wieder eine unangemessene Reaktion? – stellte ich die Dose zurück. Sardinen waren nicht ganz das richtige Symbol für meine moralische Rebellion. Sardellen, vom benachbarten Regal, hatten da mehr Klasse. Außerdem war die Dose kleiner und leichter in der Hand zu verbergen. Ich ging an der Kasse vorbei.

»Bist wahnsinnig?« sagte der Schwarze vor der Tür.

Zuerst war ich nicht einmal sicher, ob er mich damit meinte.

»Bist wahnsinnig? Das Zeug da in deiner Hand? Du kommst nach hinten ins Geschäft mit mir.«

Er war nicht einer jener rothaarigen Typen, die gleich ihre Dienstmarken blitzen ließen, womit ich ja gerade noch gerechnet hatte. Er war ein Schwarzer – mit Afro-Frisur, Tennis-Schuhen und Holzfäller-Hemd; jemand, der so aussah, wie man es nicht erwartet hatte, und der einen deshalb aus der Ruhe brachte. Ich ging weiter.

»He, Verrückter«, sagte er sanft. »Du kommst mit mir nach hinten ins Geschäft, sofort.«

Er zerrte mich nach hinten. Ich zog nach vorne. Er war überaus kräftig. Ich bin kein Schwächling, besonders an den Adrenalin-Tagen, an denen mir die Arbeit nicht von der Hand geht. Die Knöpfe sprangen genau im selben Augenblick von seinem Hemd, als die meiner Jacke abrissen. Und dann geschah etwas anderes, Unvorhergesehenes mit mir. Mitten in meiner radikalen, symbolhaften Tat ließ mich meine plötzliche Angst zu jenem Typ von Menschen werden, den die Amerikaner einen *white conservative* nennen. Das war doch eindeutig ein Überfall, und nur weil ich ein Weißer war!

»Hol die Polizei«, sagte ich.

»Das werden wir tun, wenn Sie es wünschen«, sagte eine ruhige Stimme in meinem Rücken. »Aber jetzt kommen Sie besser nach hinten.« Hinter mir stand eine weiße Schürze mit einem Knopf. »Hi, ich heiße Selwyn und bin der Geschäftsführer. Was kann ich für Sie tun?« Selwyn war von der selben Farbe wie seine Schürze. Was er für mich tat, gab mir ein reaktionäres Gefühl der Erleichterung.

Also ging ich mit ihnen, vorne der Afro, hinten Selwyn. »Hinten im Geschäft« – das war ein Raum, in dem sich drei glotzende Zustellboten und ein Stapel Martinson-Kaffee-Dosen befanden. Dabei hatte einer der Angestellten einem Kunden gesagt, daß dieses Sonderangebot schon ausverkauft wäre.

»Ne 52-Cents-Sardellen-Dose!« sagte der Schwarze. »Mann, Du bist verrückt!«

»Klar«, sagte ich. »Jeder Generaldirektor ist da viel vernünftiger. Die machen das in größerem Stil.«

»Der braucht einen Arzt«, sagte der Afro.

»Nö, gib ihm das Formular«, sagte Selwyn.

Afro holte ein rosafarbenes Blatt.

»Wie ist dein Name?«

Mein Name? Konnte man eine derart existentielle Tat unter einem Pseudonym begehen? Man konnte nicht.

»Fred Morton.«

»Fred Morton«, schrieb Afro und hielt in zusätzlicher Verwunderung inne. »Fred Morton. Bist Du Schauspieler?«

»Nein.«

»Arbeitest du?«

»Heute nicht«, sagte ich.

»Okay. Ist gut. Niemand wird von dieser Scheiße erfahren. Keine Angst. Hier, unterschreib!«

In der Erklärung stand, daß ich versucht hatte, den Laden mit einer Dose Sardellen der Marke Durkee Granadaisa mit einem Gewicht von drei Unzen und im Wert von 52 Cents ohne Bezahlen zu verlassen. Daß der Wachtdienst des Geschäfts mich dabei erwischt hatte, ohne daß ich dabei zu Schaden gekommen war. Und daß ich mich verpflichtete, den Laden nie wieder zu betreten. Ich unterschrieb.

»Ich kapier Dich nicht, Fred«, sagte Afro. »Für 52 Cents!«

»Tut mir leid, auf Sie als Kundschaft in Zukunft verzichten zu müssen«, sagte Selwyn. »Ramon wird Ihnen den Weg hinaus zeigen.«

Mit Ramon an meiner Seite ging ich die Regalwände entlang. Das System surrte um mich herum genauso giftig pulsierend wie zuvor. Mein Angriff darauf war geschmeidig abgewehrt worden. Keine Polizei, kein Streit. Keinerlei Gewalttätigkeiten hatten irgendeine Kundschaft abgeschreckt. Niemand würde davon abgehalten werden, wegen des Martinson-Sonderangebots hereinzukommen und dann zu hören, daß alles ausverkauft sei, und daß man sich mit Maxwell-House-Kaffee zum Normalpreis abfinden müsse.

Con Edison, New Jersey, und eineinhalb Millionen Hundeärsche würden weitermachen wie bisher, und die Müllsäcke würden dem Sonnenuntergang entgegenglitzern. Alles war cool. Der Wachtdienst hatte seinen guten Ruf bestätigt, weil er wieder einmal jemanden erwischt hatte. Selwyn würde Pluspunkte einheimsen, weil er in einem Geschäft in schwieriger Lage Tüchtigkeit und Diskretion bewiesen hatte. Ramon war wenigstens einige Minuten aus der Lethargie seines langweiligen Nachmittags gerissen worden. Vielleicht bot er mir deshalb am Ausgang eine Zigarette an, direkt neben dem NO SMOKING-Schild der Gesundheitsbehörden.

Ich schüttelte den Kopf.

»Okay, Mann«, sagte Ramon. »Hab noch einen schönen Tag.«

Der Richter bleibt in Buenos Aires

Auf dem Weg zu Poldi Buscheks Vater sind Poldi und ich immer durch den Wiener Brunnenmarkt gegangen, bis wir auf die Salzgurkenverkäuferin stießen, die Frau mit den roten Haaren und dem einen Zahn. Wir wußten, daß sie in jede Gurke hineingebissen hatte, bevor sie diese einlegte, und das war das Geheimnis des phantastischen Geschmacks ihrer Gurken.

Wir würden bei ihr stehen bleiben. Sie würde mit ihrer langen Holzzange in das bemooste Faß hineinfahren, eine fette Gurke herausfischen und mit einem Schwung die Dille-Knoblauch-Lake abschütteln, daß es nur so spritzte – ähnlich wie Weihrauch aus dem Weihrauchkessel sprüht. Mit einer einzigen Drehung ihrer Hand wickelte sie ein Stanitzel aus Pergamentpapier rund um die Salzgurke, und man konnte die Gurke im Weitergehen essen, wie ein Eis in der Tüte.

Ich kaufte eine. Poldi kaufte zwei. Kauend gingen wir um die Ecke zur Ottakringer Straße, die massiven Marmor-Stiegen hinauf, vorbei am Empfangszimmer, durch den Warteraum, der voll war mit Klienten, vorbei am Schreibmaschinengeklapper des Sekretariats, durch die beiden Gemächer, wo Dr. Buscheks Konzipienten uns Durchmarschierenden zunickten, bis wir im dunkelgetäfelten Zimmer von Poldis Vater angelangt waren.

Er empfing uns jedesmal an der Tür. Später, in Amerika, wurde ich immer durch die Schiedsrichter bei Schwergewichtsboxkämpfen an ihn erinnert: eine große, schmucke, sportliche Gestalt von einem Mann, helle Flanellhosen, ein weißes Hemd, das Grau seiner Krawatte Ton in Ton mit dem Grau seines Schnurrbarts und seinem dicken, grauen Haar. Poldi würde ihm eine Salzgurke geben, und er würde sie kosten, den anderen Arm leicht in die Hüfte gestemmt.

»Hoho«, würde er sagen, »genau richtig. Die in der Früh sind immer zu salzig.«

Meist gab er Poldi anschließend ein Taschengeld, das dreimal so hoch war wie meines, und wir rannten weg zum Fahrradvermieter.

* * *

Das war in den späten Dreißigerjahren gewesen, knapp vor Hitler. Letzte Woche, 1973 im Jahr des Herrn, ging ich wieder auf den Brunnenmarkt, und dort, zwischen dem Fischhändler und dem Gemüsestand, stieß ich auf unsere Frau Einzahn mit dem Salzgurkenfaß. Ihr Gesicht war dunkler und stark zerfurcht; ihre Haarfarbe war nicht zu erkennen, weil sie ein verblichenes blaues Kopftuch trug. Aber auch diesmal fischte sie mit einer einzigen appetitanregenden Bewegung eine Salzgurke aus dem Faß. Der Saft, den sie abschüttelte, verbreitete immer noch ein Aroma von Dille, Knoblauch und Salzlake. Bloß legte sie jetzt die Gurke in einen Plastikbecher.

»In ein Stanitzel, bitte«, sagte ich.

»Ein Stanitzel«, sagte sie. »Jesus Maria, ich hab doch schon seit dem Krieg nicht mehr das richtige Papier für Stanitzel.«

»Ich hab als Kind immer Ihre Salzgurken gegessen«, sagte ich. »Erinnern Sie sich an Dr. Buschek?«

»So gutes Papier wird nicht mehr gemacht«, sagte sie.

»Dr. Buschek persönlich hat jeden Tag in der Früh bei Ihnen gekauft«, sagte ich. »Sie erinnern sich? Der Rechtsanwalt? Er hat alle großen Rechtsfälle für den Markt erledigt.«

»Wunderbare Leute haben damals bei mir eingekauft«, sagte sie. »Jetzt gibt's in dieser Gegend nur noch kroatische Arbeiter.«

Ich war Poldi und dessen Vater zuliebe hierher auf den Brunnenmarkt gekommen, und jetzt konnte sie sich nicht einmal mehr an die beiden erinnern. Eine definitive Beleidigung für die Buscheks.

* * *

Die erste Schmach war gewesen, daß aus Poldi, dem pausbäckigen, unbeschwerten Wiener Kind, ein dünner, gehetzter Argentinier mittleren Alters geworden war, von dessen schmalem Oberlippenbärtchen, als ich ihn vor zwei Jahren das letzte Mal besuchte, ein Zucken ausging. Statt pfeifend auf einem Fahrrad zu sitzen, zwängte diese Karikatur eines Poldi seinen unpassenden Erwachsenenkörper in einen verbeulten VW-Bus, der gerammelt voll war mit Kurzwaren. Seine Vertreter-Runden zogen sich bis spät in die Nacht hinein, sodaß wir bis elf Uhr abends nicht zum Essen kamen, obwohl mein Flugzeug nach Santiago zeitig früh am nächsten Tag ging.

»Lebt dein Vater noch?« sagte ich.

»Bueno, Papa geht's gut«, sagte er.

Angesichts der gnadenlosen Zeit in Poldis VW war das eine gute Nachricht. Ich sagte, ich würde den alten Dr. Buschek gerne sehen, wenn das möglich wäre.

»Porque no, warum nicht?«, sagte Poldi. »Ich muß ohnedies dort was abliefern.«

Die Straßenbeleuchtung in Buenos Aires ist nicht sehr gut, und nachdem mich die miserable Federung des VW-Busses beinahe zu Tode gerüttelt hatte, ging ich durch einen niedrigen Eingang in ein Haus. Und bei Gott, da stand Dr. Buschek, rund 30 Jahre älter, immer noch stark und schmuck, in seinen Flanellhosen, das Haar weiß, aber mit seinem alten, grauen Schnurrbart, aufrecht, mit gerader Haltung, einen Arm locker in die Hüfte gestützt.

»Da hast du, ich muß laufen«, sagte Poldi und gab ihm ein Bündel.

Dr. Buschek führte mich hinein, und unter der grellen, nackten Glühbirne sah ich, daß Poldi ihm drei Hemden mit zerschlissenen Krägen gebracht hatte, ja daß das Zimmer voll war mit Hemden, die zerrissenen auf der linken Seite, die geflickten auf der rechten. In der Mitte stand eine Singer-Nähmaschine und darauf lagen zahllose Zwirnspulen, Nadelkissen und Scheren. Die Kochnische und das Bett standen hinter einem Wandschirm, und hoch oben auf einem Regal streckten drei Gänseblümchen in einem Wasserglas ihre Blüten in Richtung des kleinen Fensters.

Dr. Buschek öffnete eine Flasche Wein und schob einige der Nadelkissen zur Seite, um auf dem Tisch Platz zu machen. Wir sprachen über den Tod seiner Frau, über die Kriminalität in New York und über südamerikanische Politik, über meine Eltern und über das Lohnende und das Schwierige beim Schreiben, über Flugzeugentführungen und das Wetter. Unterdessen arbeitete Dr. Buschek mit seiner Nähmaschine, so nebenbei und gleichmäßig, als ob ein Millionär an seiner Zigarre paffte.

»Das ist ein Stück, das ich für morgen versprochen habe«, sagte er.

»Ist schon gut«, sagte ich.

»Mir ist erst vor einigen Tagen bewußt geworden«, sagte Dr. Buschek, »daß ich das jetzt schon 31 Jahre mache, fünf Jahre länger, als ich in Österreich Anwalt war. Es war ein Traum.«

»Ja«, sagte ich. Obwohl ich nicht recht wußte, welches seiner Leben er damit meinte.

»Mit den Brillen schaffen das meine Augen gerade noch«, sagte er. »Und eines habe ich gelernt dabei, ich kann arbeiten, ohne mich zu hetzen.«

»Das ist wichtig«, sagte ich.

»Aber mein Bub, Poldi - wirst du ihn später treffen?«

»Wir gehen eine Kleinigkeit essen«, sagte ich.

»Sag Poldi, er soll sich nicht so abrackern. Er kriegt ständig Erkältungen.«

»Er schaut dünn aus«, sagte ich.

»Sag ihm das. Ich wollte, ich könnte dir etwas Handfesteres anbieten als dieses bißchen Wein.«

»Zwischen zwei Flügen nehme ich immer nur

ganz wenig zu mir«, sagte ich, und wir gingen zur Tür.

»Kommst du manchmal zurück nach Wien?« fragte Dr. Buschek.

»Gelegentlich.«

»Es war ein Traum«, sagte er wieder.

»Die Stadt ist nicht mehr das, was sie einmal war«, sagte ich.

»Wirst du das meinem Buben sagen? Auf mich will er nicht hören.«

»Ich werde es versuchen«, sagte ich. »Er wird es schon hinkriegen.«

Wir verabschiedeten uns, doch Dr. Buschek schloß die Tür noch nicht.

»Ich frage mich, ob die Frau mit dem einen Zahn immer noch Salzgurken verkauft«, sagte er halb durch die Dunkelheit rufend.

»Ich werde es für Sie herausfinden«, sagte ich schon aus dem Taxi heraus.

* * *

Also ging ich letzte Woche auf den Brunnenmarkt und entdeckte die schreckliche Ungerechtigkeit des Exils. Dr. Buschek konnte sich immer noch an ihren Zahn erinnern, während sie, die nichts verloren hatte als ihr Stanitzelpapier, ihn vergessen hatte.

»Sie müssen sich an Dr. Buschek erinnern«, sagte ich zu ihr letzte Woche. »Er ist jetzt Richter in Argentinien. Im Augenblick besucht er gerade Wien. Er wohnt in einer Suite im Hotel Imperial, und ich habe versucht, ihn daran zu erinnern, daß er vor dem Krieg jeden Tag in der Früh bei Ihnen ...«

»Ah«, sagte sie. »Der deutsche Offizier?«

»Nein!« sagte ich.

Im Lauf der Zeit war sie taub geworden, oder sie hörte zumindest dann schlecht, wenn sie aufgeregt war. Sie schlug mit ihrer Zange auf das Faß.

»Meinen Sie den Offizier, der einmal mein ganzes Faß Gurken für eine Hochzeitsfeier gekauft hat?«

»Kein Deutscher!« sagte ich jetzt sehr laut. »Ein Jude, Dr. Buschek.«

»Oh«, sagte sie.

Wir starrten einander an. Sie verbarg ihren Zahn hinter der Oberlippe, als ob sie sich plötzlich dafür schämen würde.

Und auf einmal taten mir nicht nur die Buscheks leid, sondern auch sie und ich mir selbst. Als vage Rache an der Geschichte biß ich in die Salzgurke. Sie war scharf und sauer, köstlich wie immer.

»Hier.« Sie fischte ein besonders großes Exemplar heraus, schüttelte den Saft ab und präsentierte es mir im Becher. »Geht aufs Haus«, sagte sie. »Bringen Sie das zu – zu Ihrem Freund.«

Einen Moment lang hielt sie den Becher in ihren gelblichen Fingern, und die Luft war mit dem Geruch von Gurkenwasser erfüllt.

»Danke«, sagte ich. »Ich werde es ihm bringen.« Und ich nahm die Gurke und ging langsam durch den Markt, durch all die Schreie und Gerüche, in Richtung Argentinien.

Eine Nacht mit Etta

Es kommt nicht oft vor, daß ich Schönheit bei einer Frau ablehne, aber im Fall von Etta Fleger-Hollmann, - Und daß Sie bitte ja nicht auf den Bindestrich vergessen! - lehnte ich sie ab. Sie war ungefähr dreißig und für dieses Wochenende meine Gastgeberin im noblen Kitzbühel; sie trug ein schwarzes Ensemble aus Skihose und Pullover, das beiläufig und ohne daß es irgendwo besonders spannte ihre erstklassigen Rundungen unterstrich; ihre Bakkenknochen waren von jener sinnlichen Reife, wie sie Frauen erst nach ihren Zwanzigern bekommen; der Blick ihrer blauen Augen traf einen aus direktem und doch unverbindlichem Winkel; sie hatte eine lose, schwarze Mähne und ungezügelte Stirnfransen, die normalerweise nur zu einem sehr jungen Gesicht passen, aber in ihrem Falle zu einem Gesamtbild beitrugen, das auf ärgerliche Weise beinahe perfekt war.

Warum ärgerlich? Ich weiß es nicht wirklich. Vielleicht weil sie wie eine sehr teure Puppe aussah, die zu allem Überfluß ein Schild mit der Aufschrift *Nicht zu verkaufen* trug. Vielleicht war es ihr Haar, es war ein wenig zerrauft und ganz offensichtlich seit dem Morgen nicht mehr gekämmt worden; Schneekristalle glitzerten noch darin, als sie, prickelndfrisch, uns direkt von der Skipiste zu unseren Zimmern führte.

Vielleicht waren es auch die Geweihe, die mich irritierten. Überall in diesem Jagdschloß gab es Geweihe. Ganz gewöhnliche Geweihe junger Böcke unten im Wohnzimmer; größere Geweihe in den Gängen und Vorräumen; die wahren Prachtstücke überall dort, wo man Zeit und Muße hatte, sie gebührend zu bewundern: im Eßzimmer ein 16-Ender, den Prinz Hohenlohe auf der bayrischen Jagd der Flegers geschossen hatte; im Arbeitszimmer die Hörner von außergewöhnlich großen Steinböcken, erlegt von fürstlichen Herren wie den Schwarzenbergs und den Liechtensteins. Und in jedem Schlafzimmer war mindestens ein gigantischer 18-Ender, niedergestreckt von einem Habsburger, während er auf einem der Fleger-Güter zu Gast war. Unter jeder Trophäe hing ein Schild aus Elfenbein, auf dem Täter, Opfer und Schauplatz der Tat festgehalten waren. All diese tugendhaften Morde ließen sich zu einer Botschaft zusammenfassen: *Sir, hier sind Sie von alteingesessenem Reichtum umgeben.*

Aber es waren nicht nur diese Trophäen, die mich irritierten. Ich hatte schon anderswo etliche *geweihte* Wochenenden überstanden. Nein, es war die leicht abwesend wirkende Selbstverständlichkeit, mit der meine überaus hübsche Gastgeberin Etta Fleger-Hollmann (Bindestrich nicht vergessen!) all diese Reichtümer besaß und mit welcher Beiläufigkeit sie diese Wohlhabenheit demonstrierte.

Schnell legte sie eine Führung aufs Parkett, beginnend bei einem weißen sibirischen Tiger, den ein Fleger-Onkel mitgebracht hatte und der jetzt den Fußboden vor ihrem Schlafzimmerkamin verzierte, und endend bei den silbernen Steigbügeln, die der Kaiser persönlich einem Fleger als Geschenk überreicht hatte. Sie war dabei so effizient und zugleich so flüchtig, daß sie sich selbst das rituelle Klagen ersparte, *wie schwierig es doch ist, solche Plätze für lächerliche sechs Wochen im Jahr zu erhalten.*

Nein, ich hatte vielmehr das Gefühl, sie würde jeden Augenblick den Kaugummi aus ihrem wohlgeformten Mund nehmen, ein Mund, dessen Oberlippe um einen Hauch zu kurz geraten war, so daß er ständig in gedankenverlorener Träumerei ein wenig offen stand. Sie würde den Kaugummi dann auf eines dieser Habsburger-Geweihe kleben, oder auch auf einen der drei dienstbaren Geister, die die Teppiche entlangknicksten, oder vielleicht sogar auf meinen Freund Slim und auf mich.

Denn täuschen Sie sich nicht - auch wir waren Trophäen, die Trophäen dieses Wochenends, und wir bedeuteten ihr nicht mehr als die zahllosen anderen Ausstellungsstücke in diesem herrschaftlichen Haus.

»Hier ist unser Künstler-Stockwerk, Gentlemen«, sagte sie mit einem schmalen Lächeln in ihrem Englisch, das an Oxford erinnerte und kaum einen deutschen Akzent aufwies. Und wie selbstverständlich gab es da zwei Zimmer im dritten Stock, direkt unterm Dach; eines mit einem aufgemalten Pinsel an der Tür und einem Atelierfenster - für Slim; das andere mit einem Federkiel an der Tür und einer modernen Olivetti-Schreibmaschine, eingebaut in einen alten Eichenschreibtisch - das war meines.

Da waren wir also – für ein Wochenende in eine Schublade gesteckt und mit Etiketten versehen: der Maler und der Schriftsteller.

»Ist es nicht eine Wucht?« sagte Slim. Er hatte dieses Wochenende arrangiert und legte Wert auf seine Urheberschaft.

»Dinner, so ungefähr um acht?« sagte Etta Fleger-Hollmann, und als sie ging, sah ich, daß einige Eiskristalle in ihrer Mähne noch immer nicht geschmolzen waren, so schnell und flüchtig hatte sie ihre Begrüßung abgespult. Während ich auspackte, wurde mir klar, daß mich hier noch etwas anderes störte. Die Daten auf den Schildern unter den Trophäen setzten sich ungebrochen von den Dreißigerjahren in die Vierziger- und in die Fünfzigerjahre fort. Das Dritte Reich und die Niederlage im Krieg hatten die Jagdlust der Flegers oder ihrer Gäste nicht beeinträchtigt. Die Wanddekorationen hatten sich auch in dieser unerfreulichen Zeit stetig vermehrt. Dieser Umstand beschäftige mich so sehr, daß ich Slim beim Rasieren störte.

»Welche Gaunereien betreiben die Flegers eigentlich?« fragte ich ihn.

»*Santa Maria*«, sagte Slim. »Das weißt du nicht? Wolle. Jedesmal wenn ein Deutscher einen Pullover kauft, werden die Flegers reicher. Und das schon seit den zwanziger Jahren.«

»Die Wehrmacht muß eine ganze Menge Pullover gekauft haben«, sagte ich.

»Darauf kannst du wetten«, sagte Slim. »Und ihr alter Herr war nach dem Krieg der erste Deutsche mit einem Privatflugzeug.«

»Hatten die hinterher keine Schwierigkeiten mit der Entnazifizierung?«

»Überhaupt nicht«, sagte Slim. »*Nada.* Schau, die Flegers hatten einen Entlastungsjuden. Wie gefällt dir denn dein Zimmer?«

»Gut«, sagte ich. »Einen was?«

»Sie hatten ein jüdisches Kind versteckt und ihm sogar halbwegs koscheres Essen gegeben, den ganzen Krieg hindurch. Und dieser jüdische Typ hat dann 1946 mit seiner Aussage alles abgefangen. Die Flegers sind für solche Sachen immer gut.«

»Koscher?« sagte ich.

»Glaub's mir«, sagte Slim. »Wenn die Flegers etwas anfangen, dann machen sie's richtig. Das Kind war noch dazu geistig zurückgeblieben, eines, das die Nazis sofort umgebracht hätten.«

»Willst du damit sagen, sie haben ihn all die Jahre wie eine Versicherung behalten?«

»Tun sie immer noch. Er arbeitet für sie in München oder so. Willst du die Sauna probieren? Sie ist die beste von Kitzbühel.«

»Kein Witz?« sagte ich und ging zurück, um mich ebenfalls zu rasieren.

* * *

An diesem Abend tat ich etwas Merkwürdiges. Ich hatte keine Ahnung, wie man sich hier zum Abendessen kleiden sollte, und hatte auch nicht die geringste Lust, danach zu fragen. Also zog ich ein dunkelbraunes Hemd mit schwarzer Fliege an, dazu ein braunes Tweed-Jackett, zusammen ergab das so eine Art Beatnik-Smoking und war damit auf jeden Fall falsch. Das Jagdschloß war derartig makellos, daß es solch einen kleinen Fehler durchaus vertragen konnte.

Doch ich konnte mit meiner Botschaft nichts ausrichten. Als ich hinunterkam, war da keine Smoking-Atmosphäre, die ich hätte stören können. Slim hatte sich mit einem Tiroler Lodenanzug herausgeputzt. Die anderen trugen elegante Après-Ski-Kleidung, das heißt Vicuna-Pullover lässig um die Schultern geschlungen, darunter Pucci-Hemden, und meine Gastgeberin, Etta Fleger-Hollmann, hatte sich überhaupt nicht umgezogen und lediglich die Eiskristalle durch eine Kette makelloser und zweifellos echter Perlen ersetzt. Wieder war ein schmales Lächeln auf ihren Lippen, als sie mich vorstellte. Das ließ meinen Beatnik-Smoking durchaus passend aussehen. Ein profund schelmenhafter Aufzug für die große Nummer eines Kulturkolumnisten aus dem *Big-Time-News-Weekly. Voilà,* jetzt war ich mehr denn je eine Trophäe. Ich paßte genau zu Slim, der gerade zum führenden Graffiti-Künstler der Gegenwart avanciert war.

Wir waren sechs und gaben ein vollendetes Gruppenbild ab. Und vollendet war auch das Menü. Ich wurde einer blauhaarigen älteren literaturbesessenen Prinzessin serviert, die Restaurationskomödien ins Deutsche übersetzt hatte und danach lechzte, von mir zu erfahren, ob es wahr sei, daß Henry Miller wirklich einen Roman über Underground-Filme schrieb. Slims Tischnachbarin war eine führende französische Kunstbuchverlegerin, die, wie sich herausstellte, einst ein *Naheverhältnis* zu Picasso gehabt hatte; sie und Slim waren wie zwei Zahnräder eines Uhrwerks. Neben meiner Gastgeberin saß ein gutaussehender junger Mann mit ledrigem Gesicht, der Matthias hieß und österreichischer Abfahrtsmeister war.

Eigenartigerweise spürte ich sofort, daß - im Gegensatz zu dem, was man hätte annehmen können - zwischen Etta und dem Abfahrtsmeister nichts lief. Genauer gesagt, ich spürte, daß zwischen ihr und uns allen nichts lief. Sie tätschelte Matthias am Arm - er hatte die Ärmel bis zu den Ellbogen aufgekrempelt und präsentierte seine gletschergebräunten, blond behaarten Unterarme so stolz wie eine Frau ihr Dekolleté. Sie tätschelte die zur Schau gestellten Muskeln und erzählte, daß Matthias die Kitzbüheler Mädchen früh ins Bett zu schicken pflege, weil er schon um acht Uhr morgens zum Trainieren aufstehen müsse - dafür gab's Gelächter; als sie sagte (während sie mir einen Salzstreuer in gotischer Spitzbogenform reichte), »Strengt euch heute abend bloß nicht an, witzig zu sein, denn selbst wenn jeder von uns ein George Bernard Shaw wäre, würde unser Schriftsteller doch nur eine vernichtende Kolumne über das niedrige Niveau der Konversation in Kitzbühel schreiben!« - noch mehr Gelächter; dann sagte sie, diesmal auf Slim zeigend, sie sei froh, ihn jetzt als Gast zu haben, denn derzeit könne sie es sich noch leisten, ihn zu verköstigen; im nächsten Jahr werde es, sobald ihr Mann Slims Rechnung für das Speisezimmer-Gemälde bezahlt habe, zum Abendessen wohl nur noch Brezeln geben - jede Menge Gelächter.

Oh, das alles hat sie getan, sie neckte uns und versuchte uns mit der Bedeutung und der Wichtigkeit unserer Tischnachbarn zu schmeicheln, sie plauderte in ihrem Oxford-Englisch, doch sie war nicht wirklich bei der Sache. Ich dachte, sie verbarg zuviel hinter ihren Stirnfransen. Sobald die Mechanismen der Dinner-Party in Gang gesetzt waren, zog sie sich zurück, hin und wieder brachte sie das Gespräch mit einer gezielten Bemerkung in Schwung, dann aber war sie auf unverständliche Weise wieder völlig abwesend. Hin und wieder ertappte ich sie dabei, wie sie gedankenverloren versuchte, einige widerspenstige Haare an der Stirn zu bändigen und ihre Stirnfransen zu glätten. Es erweckte den Eindruck, als würde sie sich in einem unsichtbaren Spiegel betrachten, oder jemand anderer, genauso unsichtbar, würde sie beobachten. Dann glättete sie ihre Fransen noch hektischer als zuvor, und ihre zu kurze Oberlippe öffnete sich noch ein wenig mehr, dank dieser Anstrengung kam ihre winzige pervers-jungfräuliche Zunge zum Vorschein - doch dann bemerkte sie meinen Blick und bot mir ein Dessert an.

Ich kann euch gar nicht sagen, wie mich das geärgert hat. Ich wollte, daß sie mich *richtig* ansah. Ich wollte, daß mir dieses Glückskind seine volle Aufmerksamkeit zuteil werden ließ. Ich vermutete, daß sie auch der überaus interessanten jüngeren Geschichte Deutschlands nie so richtig ihre Aufmerksamkeit geschenkt hatte. Sie schien auf eine erhabene Weise dafür keinen Sinn zu haben - und forderte damit meinen nächsten Schachzug heraus.

»Was ich sagen wollte«, begann ich. »Ich habe gehört, daß Sie Hitler persönlich kannten?«

Der Abfahrtsmeister bedeckte unwillkürlich seinen Unterarm, und die Prinzessin strauchelte in der Mitte einer Anekdote über André Gide. Doch *sie* blieb unerschüttert.

»Oh ja, einmal mußte ich ihm einen Rosenstrauß überreichen, als ich noch ein kleines Mädchen war.«

»Wie *war* dieses Ungeheuer?« fragte die Prinzessin und vergaß auf Gide.

»Freundlich«, sagte sie. »Er hat mich die ganze Zeit getätschelt, und ich dachte schon, er würde mir Süßigkeiten geben.«

»Oh nein!« sagte Slim. »Das ist zuviel! Gib *mir* Süßigkeiten!«

»Er hat mir eine signierte Ausgabe von *Mein Kampf* geschenkt«, sagte meine Gastgeberin.

»Die ist heute viel Geld wert«, sagte der Abfahrtsmeister.

»Ich habe sie am nächsten Tag gegen ein Autogramm des Herzogs von Windsor getauscht«, sagte Etta und erntete großes Gelächter. Es gab Cognac, und dann gingen sie alle hinaus auf die Nachtpiste.

Slim hatte mir schon zuvor von der Nachtpiste erzählt. Ein Teil des Fleger-Guts zog sich oberhalb ihres privaten Eislaufplatzes noch einige hundert Meter hinauf in Richtung Kitzbüheler Horn. Slim zog die Vorhänge des Aussichtsfensters zurück und zeigte mir den Berg. Ich schaute auf einen in gelbes Flutlicht getauchten Hang, er war so hell erleuchtet, daß vom Rest des Berges nichts zu sehen war.

»*Gringo*«, sagte Slim, »das ist die einzige private Flutlichtpiste der Welt.«

Bei den Flegers war es offenbar üblich, nach dem Abendessen zwischen den Cognacs schnell eine Abfahrt einzulegen. Das war zwar etwas anstrengender, aber auch glamouröser und gesünder, als in einen Swimmingpool geworfen zu werden. Mir wurde klar, daß man die Alpen nicht wirklich kannte, solange man nicht beiläufig sagen konnte: »He, das war wirklich ein ganz toller Frühjahrsschnee letzte Nacht bei den Flegers.« Die Bemerkungen der anderen, während sie ihre Skischuhe zuschnallten, waren von genau dieser Art.

Ich entschuldigte mich wegen Müdigkeit. Ich war erst vor wenigen Stunden aus New York angekommen. Slim hatte glücklicherweise eine lädierte Bandscheibe, die ihn zum permanenten Après-Ski-Fall machte. Er und ich zogen unsere Lehnstühle zum Fenster und beobachteten, wie unsere geisterhaft-schwarzen Freunde vom Schlepplift den Hang hinaufgezogen wurden.

Ich ärgerte mich immer noch über sie. Anders als die meisten Deutschen hatte sie es nicht einmal der Mühe wert gefunden, bei der Erwähnung des Dritten Reiches in Verteidigungsposition zu gehen. *Der Führer* zählte bei ihr zu jenen Berühmtheiten, die anregenden Gesprächsstoff für eine Party lieferten.

»Wie sind die Flegers aus dieser ganzen Hitler-Sache herausgekommen?« fragte ich Slim, während wir die Skiläufer beobachteten. »Doch nicht nur wegen dieses Entlastungsjuden?«

»Ihr alter Herr war kein Parteimitglied«, sagte er. »Zumindest nicht bis zum Krieg, und da hat er schon begonnen, für den Geheimdienst der Alliierten zu arbeiten.«

»Das haben alle schlauen Nazis getan«, sagte ich.

»*Gringo*«, sagte Slim, »das ist der schlaueste Clan der Welt. *El viviendo fin.*«

El viviendo fin ist Spanisch und bedeutet das Allergrößte, aber auch das Allerletzte. Der alte Slim verwendete seinen spanischen Slang, um daran zu erinnern, daß er mit Diego Rivera in Kneipen saß und sein bedeutendster Schüler war. Aus irgendeinem Grund, vielleicht weil wir zusammen am College gewesen waren, herrschte zwischen uns eine gewisse Rivalität. Ich hatte ihm einmal eine sehr exklusive Einladung nach St. Moritz verschafft. In diesem Winter revanchierte er sich mit Kitzbühel. Aber, um ehrlich zu sein, ich war über ihn nur ihretwegen verärgert.

»Schau, wie sie herunterkommen«, sagte Slim. Sie kamen tatsächlich durch das harte kristallene Gelb herunter: die französische Kunstbuchverlegerin fuhr langsam, schwerfällig, knieschlotternd; die Literatur-Prinzessin hatte einige Ansätze von Eleganz, unterbrochen von armrudernden Unsicherheiten; der Abfahrtsmeister schlängelte sich wedelnd durch die anmutige Schneewelt, die so ganz seine eigene war; die Gastgeberin bewegte sich sicher und geschmeidig, ein Spitzenhalstuch flatterte aus ihrer Tasche, ihrem Gesicht sah man weder Kälte noch Schnee an; als erster, noch vor allen anderen, bahnte sich ein Mann, den ich vorher noch nicht gesehen hatte, seinen Weg über die Piste: ein drahtiger, großer Kerl mit hellem Haar.

»Wer ist das?« fragte ich.

»Das ist der Nachtpisten-Mann«, sagte Slim. »Der Typ braucht nichts anderes zu tun, als den Lift zu betreiben und sich in der Nacht zur Verfügung zu halten. Deshalb ist er auch so blaß.«

Das längliche schmale Gesicht des Mannes nahm sich unter den sonnengebräunten Gesichtern der anderen tatsächlich ausgesprochen fahl aus.

»Ist Geld nicht etwas Schönes?« sagte Slim. »Wann immer du nicht schlafen kannst, zwei Uhr früh, fünf Uhr früh, der Nachtpisten-Mann ist bereit. Er wirft den Lift an und fährt mit dir hinunter.«

Sie waren jetzt ziemlich nahe, die gelben Teufel; sie sausten aus der Nacht heraus und den Hang hinunter. Ich war zu müde, um sie noch zu treffen. Plötzlich war mir das alles zu viel: der Nachtpisten-Mann, die Geweihe, der Flug von New York nach München und die Autofahrt nach Kitzbühel, der Entlastungsjude, die Aussicht auf zu viel Henry Miller von der Literatur-Prinzessin und zu wenig Aufmerksamkeit von meiner Gastgeberin. Ich bat Slim, mich bei den anderen zu entschuldigen.

»*Segura Cosa*«, sagte er, »klare Sache. Schlaf gut. He, und erzähl denen in St. Moritz von der Nachtpiste.«

Da wurde mir klar, daß Slim versucht hatte, bei Etta zu landen, und daß er auf die Nase gefallen war. Vielleicht wollte er, daß auch ich es probiere, und ebenfalls auf die Nase falle.

»Gute Nacht, Alter«, sagte ich.

* * *

In Kitzbühel bist du ein niemand, wenn du blaß bist. Eine tiefbraune Hautfarbe ist dein Staatsbürgerschaftsnachweis, ohne den du keinerlei Bürgerrechte, wie Trinken, Verführen und sogar Skilaufen hast. Man fühlt sich auf Skiern geradezu anstößig, solange man bleich ist. Ich fuhr also am nächsten Morgen, nach einer Nacht, in der ich nicht besonders gut geschlafen hatte, in aller Früh auf den Hahnenkamm hinauf. Das erste, was ich sah, sobald ich aus der Bergstation der Seilbahn ins Freie trat, war meine Gastgeberin. Ich wollte nicht, daß sie mich so sah: bleichgesichtig wie ihr Nachtpisten-Mann und knieschlotternd. Doch da stand sie nun einmal. Allein, nicht in einer aufgeputzten, geschwätzigen, pastellfarbenen Horde Skiläuferinnen, wie die anderen, sondern ganz allein in schneidigem, nüchternem Schwarz, bis auf das weiße Halstuch.

»Ah«, sagte sie, »Sie haben uns letzte Nacht im Stich gelassen.«

»Guten Morgen«, sagte ich. »Ich dachte nicht, daß Ihnen das auffallen würde.«

»Aber Sie sind doch unübersehbar. Sie sind so blaß. Ich werde Ihnen die Südhänge zeigen, dort werden Sie rasch braun.«

Damit fuhr sie ab und ich hinterher. Sie sauste dahin mit lässigen und rhythmischen Hüftschwüngen - mühelos wie das Atmen. Man bekam fälschlicherweise den Eindruck, sie habe niemals lernen müssen, wie man sich vom Schneepflug zum Stemmbogen emporarbeitet, sondern von Anfang an den lässigen Wedelschwung beherrscht. Sie verfiel sofort wieder in diese überlegene Gleichgültigkeit. Weder die heimtückischen kleinen Buckel machten ihr etwas aus, noch die plötzlichen Felsvorsprünge, die Latschen und die trügerischen Eisstellen. Im Gegenteil, es war so, als ob sich all die Hindernisse rund um sie so arrangiert hätten, wie es für sie am angenehmsten war, so daß sie unbeirrt in dem von der Sonne vergoldeten Weiß ihre Schwünge ziehen konnte.

Manchmal wirkte sie genauso erschöpft wie ich. Doch während ich heimlich nach Luft rang, ließ sie sich, Arme und Beine von sich gestreckt, in den Schnee fallen, um zu rasten; für einige selbstvergessene Sekunden umarmte und liebte sie den ganzen Berg, dann richtete sie sich erfrischt auf und fuhr mit einer Begeisterung weiter, als ob wir den Tag gerade erst begonnen hätten.

Ich war froh, als wir zum Mittagessen auf der Bichlalm Pause machten. Wir tranken Glühwein, bissen herzhaft in unsere Würstchen und plauderten darüber, wie einen ein paar Wochen Skilaufen für den Rest des Jahres verändern konnten; mir würde es keinen Spaß mehr machen, in der Tretmühle Manhattans den anderen immer eine Nasenlänge voraus zu sein; sie würde keine Freude mehr daran haben, ihre gesellschaftlichen Pflichten als Gattin eines deutschen Botschafters in einem viel zu heißen südamerikanischen Land zu erfüllen.

Die ganze Zeit über, während unseres ziemlich konventionellen Gesprächs unter Skiläufern, fiel mir wieder auf, wie sie blitzschnell aus den Umgangsformen ausbrach und dann wieder zur Konvention zurückkehrte. Jetzt war das alles noch viel auffälliger. Die Brösel des Schwarzbrotes, die auf ihren Pullover gefallen waren, wischte sie mit einer ungeduldigen Handbewegung so weg, daß ihre federnden Brüste darunter erzitterten; oder sie bekam plötzlich Lust auf Sodawasser und biß einen Augenblick lang in den Strohhalm, ehe sie daran saugte. Währenddessen erzählte sie sarkastisch von ihrem bisher einzigen Aufenthalt in New York, bei dem sie erkannt hatte, daß das Einkaufen für die Matronen Manhattans ein Wettkampf und eine Status-Frage war: Wer würde wohl die beste Umkleidekabine bei *Bergdorf Goodmann* bekommen?

Doch ich hielt Ausschau nach diesen süßen Fehltritten, nach diesen Blitzen geheimer Anfälligkeit, nach dieser Hitze, die sich an der Innenseite ihrer zu kurzen Oberlippe verbarg.

Vor meinem geistigen Auge tauchte plötzlich ein Lateinamerikaner auf, ein Leibeigener, der in der Residenz des Botschafters einfache Arbeiten erledigte – und der sie mit seiner scheußlich behaarten Brust in ihrem Bett wärmte. Es war kein richtiger Verdacht. Doch ich wußte, sie würde es zulassen, daß irgendjemand irgendetwas mit ihr machte, etwas, das den Panzer ihrer äußeren Würde ankratzte. Um der Sache auf den Grund zu gehen, begann ich auf Deutsch, das ich ganz gut beherrsche, mit ihr zu sprechen. Und mir fiel auf, daß das gutturale Grollen, diese Grundlage deutschen Sprechens, dahinschmolz, wenn sie sprach. Im Grunde hatte sie eine ganz leicht lateinamerikanische Intonation, was die Härte teutonischer Konsonanten in einen glatten, rosafarbenen Marmor verwandelte. Irgendwie gelang es ihr, sich um ihr Deutsch-Sein völlig zu drücken. Sie benutzte ein heimtückisches Geheimnis, mit dem sie mein Vorurteil gänzlich zunichte machte. Und als wir zurück ins Englische wechselten, verfiel sie sogar von ihrer Oxford-Perfektion in reizende Fehler bei der Wortstellung. »You do indeed ski very well!«, protestierte sie, als ich sie fragte, ob sie es sich wirklich antun wolle, auch nach dem Mittagessen mit mir Ski zu laufen.

Sie tat es sich an, aber ich verlor sie in einer Nebelschwade am Kitzbüheler Horn aus den Augen, obwohl sie nur wenige Meter vor mir fuhr. Als ich aus der Nebelbank herauskam, war sie verschwunden. Der restliche Nachmittag war ein einziges Suchen. Ein langer Sonnenuntergang begann, ließ Farbe auf die Hügel tropfen. Ich zog ein riesiges Netz von Skispuren über die schwindenden Stunden und war nahe daran, nicht weniger als drei schwarzgekleideten Frauen mit weißen flatternden Halstüchern auf die Schultern zu klopfen; doch alle waren sie Trugbilder, obwohl ihre Silhouetten jener Ettas so täuschend ähnlich sahen.

Um fünf kehrte ich ins Jagdschloß zurück – und erlitt wieder eine Niederlage. Sie war im Wohnzimmer. Nach unserer Trennung am Nachmittag hatte ich mit einem großen Wiedersehen gerechnet. Doch es gab nur ein kurzes, glattes »Wie schön, Sie sind also doch nicht von einer Lawine verschluckt worden!«, dann wurde ich zwei neuen Gästen vorgestellt. Und das war schon alles. Gestern Abend, sagte sie, habe es Nachtmahl zu Hause gegeben; morgen abend werde man bei der Literatur-Prinzessin dinieren; aber heute sei »der beste Abend« – *ihr* freier Abend. Sie warf mir ein angedeutetes Lächeln ihrer Oberlippe zu, während sie in Richtung ihrer Privatgemächer verschwand. »Unterhaltet euch gut! Gute Nacht!«

Das war ein endgültiger, aber auch formvollendeter Rausschmiß. Sie stellte sogar die Themen der Konversation zur Verfügung – ich meine die zwei neuen Gäste. Die beiden jungen deutschen Frauen saßen vor dem Kamin und ließen ihren Nagellack trocknen. Sie waren frisch geschieden, wollten für ein, zwei Nächte in Kitzbühel bleiben und reichten Slim und mir ganz europäisch ihre Handrücken zum Kuß. Doch sie waren amerikanisch genug, um psychoanalytische Enthüllungen über das Versagen der Eltern ihrer Ex-Ehemänner vom Stapel zu lassen, und dann, mit ihren Cocktailgläsern in der Hand und leicht zurückgelehnt, zu hoffen, wir würden ihnen dasselbe bieten.

Ich wußte, die beiden waren kein Muß. Genauso

wie die Nachtpiste waren sie vorhanden und dafür da, es zu probieren, wenn man Lust hatte. Nun, ich hatte keine Lust. Und ich verstand meine Gastgeberin nicht; nachdem sie sich vor mir derartig in den Schnee geworfen hatte; nachdem sie beim Brösel-Wegwischen ihren Busen derartig in Schwingungen versetzt hatte - nach all dem überließ sie mich nun diesen gurrenden Damen, die ihren Nagellack trocknen ließen.

Das war unannehmbar. Ich entschuldigte mich und lief sofort hinauf, hinter ihr her. Und hatte ziemliches Glück. Ich trieb sie in die Enge, als sie am Gang an mir vorbeihuschte; ohne Make-up, gerade aus der Sauna gekommen, sah sie wie eine nasse, blauäugige Madonna aus, was den Verlust des Abends umso schmerzlicher machte.

»Ich wollte Sie fragen«, begann ich, und es machte mir gar nichts aus, ziemlich schroff zu klingen, »ich wollte Sie schon die ganze Zeit fragen: Ich habe gehört, daß Ihr Vater während der Nazi-Zeit einen Juden beschützt hat?«

»Ja«, sagte sie. »Wir hatten Glück, daß wir ihn retten konnten.«

»Lebt er noch?«

»Oh, ich vermute, er ist sogar sehr lebendig.« Sie lächelte. Es zeigte nur das Ausmaß ihrer Geschliffenheit, daß sie es schaffte, trotz meines plumpen Überfalls nicht im geringsten die Haltung zu verlieren. Sie stand in dem Gang, kleine Wassertropfen machten dunkle Flecken am Teppich, Tropfen, die ihre weißen Knöchel hinunterliefen, an denen immer noch die rosafarbenen Abdrücke ihrer Skischuhe zu sehen waren. Sie fuhr mit einem Handtuch über ihr feuchtes Haar, sodaß ihr die Haare in allen

Richtungen zu Berge standen. Doch sie lächelte das Lächeln einer perfekt frisierten Frau, eine Hexe in feuchtwilder Blüte, kühl und doch in dampfender Nacktheit unter ihrem seidenen Negligé.

»Sehen Sie«, sagte ich, »das interessiert mich. Ich wünschte, Ihre Familie hätte sich um einen meiner Onkel so angenommen.«

»Ah, sind Sie jüdisch?«

»Ja«, sagte ich, »zur Hälfte.«

Ich hatte diesen Pfeil abgeschossen, um sie zu schockieren, um sie irgendwie dafür bezahlen zu lassen. Denn ich hatte das Gefühl, daß sie nie für etwas bezahlen mußte - nicht dafür, Deutsche zu sein, nicht für den Krieg, nicht dafür, daß sie so gut Skilaufen konnte - und außerdem wollte ich, daß sie mir ihre Aufmerksamkeit schenkte. Doch während ich den Satz aussprach, wurde mir bewußt, daß ich ihr das Pathos des Jüdisch-Seins entgegengeschleudert hatte - das war etwas, das ich schon seit Jahren nicht mehr getan hatte. Und ich bin es nicht zur Hälfte, ich bin es ganz.

»Gut, dann haben Sie Interesse an dieser Sache«, sagte sie. »Wir müssen irgendwann einmal darüber reden.«

»Ja«, sagte ich. »Irgendwann heute abend. Vielleicht beim Nachtmahl?«

»Nachdem wir uns beide frisch gemacht haben. Nach acht?«

Beinahe hätte ich »Gut, danke« zu ihr gesagt, was ihr verraten hätte, daß ich genau darauf aus war: daß ich ihr mein Jüdisch-Sein für eine Verabredung zum Abendessen vor die Füße geworfen hatte.

Also sagte ich nur »Gut«. Das war alles, ich

grüßte noch mit einer weltmännischen Handbewegung, die »Auf bald!« signalisieren sollte, und lief die Stiegen hinauf; ich hoffe, es sah wie ein Schlendern aus.

Bis zum Abend wußte ich, daß sie jemanden hatte, vielleicht sogar hier im Dorf. Ich spürte das, obwohl sie sich so geschickt abschirmte. Als ich um acht zu den Cocktails hinunterkam, hatte sie den Abend bereits arrangiert - zweifellos mit einigen hastigen Telefonaten. Ein Italiener mit einem diabolischen kleinen Kinnbart erschien. Er durfte ihre Hand um einen Augenblick länger küssen, als mir lieb war. Dann nahm er mit Slim die beiden munteren Geschiedenen in seine Obhut und *Avanti!* verschwanden sie auf einem niedrigen Sportschlitten für eine Mondscheinfahrt ins nächste Dorf.

Etta und ich gingen ganz in der Nähe in ein Restaurant, der Grund dafür war (abgesehen von meinem müden Gesicht), daß ich ein nettes, friedliches Abendessen bekommen sollte. Doch das Dinner wurde nicht das, was ich nett und friedlich nennen würde.

Im Restaurant produzierte ein Zitherspieler eine Mischung aus Walzer und Rock'n Roll; die Einrichtung bestand aus mittelalterlichen Melkkübeln, einer fürstlichen Wandtäfelung und Nachtclub-Leuchten; dazu gab es ein Aroma aus Ma Griffe-Parfum, dem Achselschweiß kräftiger Skilehrer, dem geschmolzenen Wachs von Kerzen und dem dampfend-heißen Gulasch. Der Ort war voll von Leuten, die mit ihr bekannt waren. Mindestens viermal mußte ich während jedes einzelnen Gangs aufstehen, um die freundschaftlichen Begrüßungen dieser Leute zu erwidern.

Einerseits fand ich das ärgerlich. Andererseits hatte es aber auch einen gewissen Reiz. Der zögernde Neid, mit dem mir die Männer die Hand schüttelten, und das weibliche Radar, das die Frauen ausfuhren, während sie ihre Pullover glattstrichen und mir ihre beringten Finger zum Handkuß überließen - das alles trug zu meiner Verwirrung bei. Ihr »How do you do?« war in Wirklichkeit eine Übersetzung von »Was? Nicht der Italiener?« oder »Sind Sie etwa derjenige?«

Sie hatte jemanden. Jeder in Kitzbühel schien das zu spüren. Aber sie hielt sich so perfekt bedeckt. Das beherrschte sie verdammt gut. Sie witzelte so leicht dahingesagt über den diabolischen Italiener (»Einige der Damen hier nennen ihn Carissimo Grant«), was sowohl meinen Verdacht schürte, als auch meine Verwirrung steigerte. Leuten, die an den Tisch kamen, konnte sie auf herzliche Weise, aber ohne jedes Ausrufezeichen ein »Hello, darling« hinwerfen, so daß jeder Darling wußte, es würde innerhalb der nächsten fünf Sekunden Zeit sein, an den eigenen Tisch zurückzukehren. Sobald sie sich dann wieder mir zuwandte, konnte sie mit derselben Präzision den Eindruck einer Vertrautheit, ja Intimität erwecken, die nie da war oder auch nur angedeutet wurde. Wir sprachen nicht einmal viel über den Entlastungsjuden, obwohl ich immer wieder einen Anlauf nahm.

»Sie wollten mir von dem Burschen erzählen«, sagte ich, »den Ihr Vater im Krieg versteckt hat.«

»Oh, ja«, sagte sie, »das war aufregend.«

»War das gefährlich für Sie?«

»Poppa, seine Sekretärin und ich waren die einzigen, die von ihm wußten.«

»Und Sie haben ihn wirklich koscher großgezogen?«

»Koscher?« Sie lachte. »In Deutschland? Während des Krieges? Nein, aber er konnte Hebräisch, und wir brachten ihm manchmal hebräische Bücher und so.«

»Ein ziemliches Risiko für ein junges Mädchen.«

»Er hat mir einmal einige hebräische Wörter beigebracht«, sagte sie lächelnd, während sie gedankenverloren über ihre Perlen strich. »Das war spannend.«

»Wie ein spannendes Spielzeug?«

»Oh, hello Darling«, sagte sie, weil wieder neue Freunde an unserem Tisch erschienen, die mein Gesicht einer Radar-Kontrolle unterzogen.

Ich versuchte sie nicht entkommen zu lassen, sobald die Darlings weitergegangen waren.

»Wo ist er jetzt?« fragte ich.

»Er?« sagte sie. »Poppa hat ihm einen Job gegeben. Er hat sich so an uns gewöhnt. Sie hätten ihn weinen hören sollen, als Poppa starb.«

»Rührend«, sagte ich.

»Wissen Sie, er war schon als Kind ein bißchen zurückgeblieben.«

»Das habe ich gehört«, sagte ich.

»Ah?« Sie lächelte. »Sie wissen es? Sie haben genau recherchiert.«

»Natürlich«, sagte ich, »theoretisch könnten Sie mir eines Tages einen netten Job geben.«

»Wieso, mußten Sie von jemandem versteckt werden?«

»Wer weiß das schon?« sagte ich. »Ich bin Jude, oder?«

Das machte zwar meine pathetische Peinlichkeit

von vorhin nicht wett, aber immerhin brachte ich sie wieder zum Lachen. Sie war für mich die erste Deutsche, die nicht die geringste Befangenheit bei diesem Thema zeigte.

»Ich werde Ihnen jetzt einen Job geben«, sagte sie. »Sie müssen mir einige der neuen amerikanischen Tänze beibringen.«

Die Zither spielte wieder Rock'n Roll.

Wir tanzten viel, zuviel für meinen Geschmack, denn meine müden Beine wurden immer schwerfälliger. Später spielten sie einen Tango. Wir tanzten langsamer, enger. Plötzlich bekam ich den Eindruck, daß sie mich wie einen Bruder ihres geheimnisvollen Liebhabers behandelte; sie berührte mich an den Schultern und an den Oberschenkeln, aber nicht mit jener Befangenheit, die die Möglichkeit einer Kapitulation miteinschließt - nein, eher war es eine gezielte Versunkenheit, als wären meine Schultern hier nur die Stellvertreter eines anderen und als ob sie, träumend an meinen Hals gelehnt, einer Erfüllung ganz woanders entgegenstrebte.

»Gute Nacht«, sagte sie, als wir ins Jagdschloß zurückgekehrt waren. »Meine zwei geschiedenen Freundinnen wollen zu mir ins Schlafzimmer kommen. Wir planen - wie sagt man dazu in Amerika? - einen Klatsch unter Mädchen ...«

»Gute Nacht, verdammt noch einmal«, sagte ich, und das Lächeln, mit dem ich es sagte, sollte andeuten, daß es nicht ernst gemeint war. Der Abend hatte sich so entwickelt, daß er einem Höhepunkt zwischen uns beiden zustrebte, und nun betrog sie mich darum, indem sie die Stiege hinaufrannte.

Die Situation wurde noch durch Slim verschlimmert. Er kam im nächsten Augenblick mit einer der zwei Geschiedenen daher. Sie verschwand mit einem hingekicherten Gruß nach oben. Slim schenkte sich Cognac ein und warf einige Holzscheite ins Feuer. Er strahlte Selbstzufriedenheit aus.

»He«, sagte er. »Bist du bei deiner gelandet?«

»Bist du?«

»*Hombre!*« flüsterte er. »Das erste Mal in meinem Leben war ich in einem Schlitten. Und nachher hat sie mir gesagt, sie tat es deshalb, weil die Berge so schön sind.« Er lachte. »Waren die Berge für dich und Etta auch so schön?«

»Slim«, sagte ich, »worauf steht Etta eigentlich?«

»Heißt das, daß du's auch schon gemerkt hast?« Er lachte wieder, und diesmal schien er richtig glücklich dabei zu sein. »Hast du dich auch blamiert?«

»Sie ist nicht zufällig lesbisch, oder?« sagte ich.

»*Jesus, Maria!*« Seine Laune wurde immer besser, während er seinen Rücken am Feuer wärmte. »Ich dachte, *du* würdest mir das sagen können! Ich hatte alle Hoffnungen in dich gesetzt, Mann! Ich habe geglaubt, du würdest es schaffen, sie zu knakken!«

»Irgendetwas stimmt nicht mit ihr«, sagte ich.

»Stimmen?« sagte Slim. »Mit ihr stimmt nicht, daß sie nie mit den Leuten ins Bett geht, mit denen man es erwarten würde, Leute wie du oder ich. Weißt du, wie das in Mexiko mit ihr war? Die heißeste Braut südlich der Grenze - und ich hatte nicht die geringste Chance! Das ist doch verrückt, oder?«

»Klar, daß das verrückt ist«, sagte ich, nicht so sehr, weil ich ihm eine Freude machen wollte, sondern weil ich wollte, daß er weiter erzählt.

»Und vergiß den Ehemann«, flüsterte Slim. »Der ist bloß ein Krautkopf. Es muß irgendetwas hier sein. Sie verzehrt sich geradezu danach. Sie kann es im Winter gar nicht erwarten, aus Lateinamerika wegzukommen. Großer Gott, im Herbst hat sie sich den Knöchel verstaucht, irgendeine Tennisverletzung - du kannst dir gar nicht vorstellen, zu wievielen Ärzten sie gerannt ist, nur damit sie rechtzeitig für das Skilaufen in Kitzbühel wieder fit war.«

»Der Italiener?« fragte ich.

»Der Spaghetti mit dem Bart?« sagte Slim. »Der hat mich auch wahnsinnig gemacht. Aber ich habe geglaubt, du würdest das herausfinden. Wozu glaubst du, habe ich dich mitgenommen? Ich dachte, du bist der Fachmann, Alter.«

Die Tür ging auf, und die zweite Geschiedene kam herein, völlig überwältigt von genau diesem Italiener. Er hatte ihr - man muß sich das einmal vorstellen! - die halbe Carmen im Jazz-Tempo vorgesungen. Das reichte für sie, um sich zu fragen, warum sie sich nicht schon seit jeher nur mit Südländern eingelassen hatte! Provokant verdrängte sie Slim von seinem Platz am Kamin, wackelte ihr geblümtes Hinterteil an die wärmste Stelle und streifte mich mit einem neckischen Blick. Ich schaute auf die gefälligen Formen in ihrem Pullover, auf diesen unverfrorenen Sex-Kitsch, und fragte mich auch: Wieso war Etta, die am meisten teutonische Frau in ganz Kitzbühel (wer sonst hatte schon dem *Führer* Blumen überreicht?), gleichzeitig am wenigsten deutsch und so besonders anmutig in ihrem Wesen und ihrer Sprache? Was hatte dieses Miststück bloß an sich, daß man ihr das abnahm?

Ich sagte »Gute Nacht« und ging schlafen.

Oder besser gesagt, ich versuchte zu schlafen. Denn dieses Rätsel verfolgte mich auch bei geschlossenen Augen. Ich versuchte, an Venedig zu denken, wohin ich am nächsten Tag fahren wollte. Ich hatte nicht die geringste Absicht, einen weiteren Tag hier zu verbringen. Ich versuchte, an Venedig zu denken, an Venedig, das ich so liebte. Die Erinnerung an diese Stadt sollte mich eigentlich sanft einschlummern lassen. Doch es gelang mir nicht, mich völlig fallen zu lassen. Mehr als ein Dösen wurde nicht daraus. Der Wind frischte auf, Schneeflocken tanzten vor meinem Fenster. Nach einer halben Stunde, so kam es mir vor, gab ich auf und schaute auf meine Uhr. Es war fünf Uhr früh.

Auf einmal war ich wütend über meine Schlaflosigkeit und wollte diese auf der Nachtpiste in die Knie zwingen. Meine Beine waren jetzt nicht nur müde, sondern auch rachsüchtig. Ich wollte den Hang hinauf und dann hinunterrasen, bis ich zum Umfallen müde war.

Sie würde mich nicht um die paar Stunden Schlaf bringen, die ich für die Fahrt in den Süden dringend brauchte; sie würde mir Venedig nicht verderben.

Ich stand auf und warf mich in die Skisachen. Auf einer Karte am Nachttisch waren alle Durchwahlnummern des Jagdschlosses notiert, darunter auch die des Nachtpisten-Mannes, falls man das Bedürfnis hatte, daß der Schlepplift in Betrieb genommen wird. Doch ich hatte keine Absicht, mich mit ihm zu beschäftigen. Oder genauer, ich hatte nicht die Absicht, mich von irgend jemanden stören zu lassen. Ich sehnte mich nach reiner, radikaler und daher höchst ungeselliger Erschöpfung.

Die Geweihe an der Wand stachen mir ins Auge, als ich hinunterging. Draußen tanzten die Schneeflocken mit spöttischer Anmut im gelben Flutlicht, ein Ballsaal eisiger Kristalle, hellgrau gefärbt von einer Spur Morgendämmerung. Ja, der Schneefall erschien mir um diese Stunde so prächtig und kunstvoll wie das Jagdschloß selbst. Der ganze Hang wurde zu einer geheimnisvollen Erweiterung des Hauses, als ich die wenigen Schritte zur nahegelegenen Hütte des Nachtpisten-Mannes ging. In dem angebauten Vorhaus stand die Tür offen. Soweit ich es im Dunkeln wahrnehmen konnte, war hier der Antrieb des Schlepplifts - genau das, wonach ich gesucht hatte. Doch ich konnte den Lichtschalter nicht finden, und schon gar nicht den Hebel, mit dem man den Lift in Betrieb nahm. Das einzig Sichtbare war ein Fenster, das zum Innern der Hütte führte.

Dort ging ich hin. Und dort fand ich sie. Zunächst war das gar nicht so einfach, doch instinktiv entdeckte ich sie verborgen im Schatten. Meine Augen setzten die Umrisse zusammen, bevor ich noch realisieren konnte, was ich da sah. Sie lag auf einer einfachen Bettstatt.

Ich war weniger über ihre Anwesenheit überrascht, vielleicht hatte mich irgendetwas darauf vorbereitet, als über die Art, wie sie da lag. Sie lag halb eingerollt auf der Seite, in einem keuschen weißen Hemd, das ihre Arme bis unterhalb der Ellbogen bedeckte. Sie lag da wie ein kleines Mädchen, ihr Haar in einem schwarzen Schopf über dem Polster ausgebreitet. Ihr Gesicht strahlte nichts von der Gewandtheit der Gastgeberin aus, nichts von der vollendeten Lady, nichts von einem Biest auf Diplomaten-Parties, nur eine glückliche, fröhlich süße Zufriedenheit, die ihre Oberlippe vertrauensvoll mit jedem Atemzug öffnete. Ihr rechter Arm lag ausgestreckt auf der leeren Seite des Bettes.

Mein Blick folgte der Richtung ihres Armes, und ich sah den Nachtpisten-Mann. Er stand an einem Fenster, das nach Osten über das untere Stück des Hangs gerichtet war. Er wiegte sich leicht nach vor und zurück, die weißen Fransen seines jüdischen Gebetsschals schwangen mit seinen Bewegungen mit. Sie glitzerten wie Schneeflocken im Dämmerlicht und reichten fast bis zu seinen Skischuhen hinunter. Der Gebetsriemen zeichnete sich schwarz gegen seinen Unterarm und der Innenseite seines Oberarms ab. Und ich hatte das verrückte Verlangen, die Tür einzutreten, ihn an den Schultern zu packen und durchzuschütteln. Ich wollte ihn anschreien, er solle ihr nicht jeden Winter sein Bett leihen, so daß sie sich von den Belastungen der Vergangenheit befreien und zugleich ihre Lust ausleben konnte. Er sollte ihr nicht ein jüdisches Bett geben, in dem sie kopulierte und von den Sünden freigesprochen würde.

Meine Schulter war schon zum Angriff auf die Tür bereit. Doch dann sah ich, wie er langsam den Mund bewegte, er war wie in Trance, und es war die Langsamkeit eines Mannes, über dessen Denken ein Schleier lag, vielleicht wie ein geheiligter Defekt. Und da man sich mit Heiligen nicht verständigen, sondern sie nur benutzen kann, benutzte ich ihn. Sein Anblick bewirkte, daß ich sie nicht mehr begehrte. Plötzlich war ich geheilt. Ich war erfüllt von einer unendlichen Erschöpfung.

Ohne einen Blick zurück ging ich hinaus und nahm den Weg, der zum Jagdschloß führte.

Marie Heugl zum Gedenken

Sie hieß Frau Marie, und bevor sie im Haushalt meiner Großmutter den Frühstückskaffee servierte, zweigte sie aus dem Filtertopf die erste Tasse für sich selbst ab; dieser Kaffee war der stärkste. Alle wußten von ihrer Gewohnheit, niemand fand daran etwas auszusetzen, denn so war Frau Marie eben. Sie war ein kleines, gedrungenes Geschöpf in grauem Musselin und mit einem Kopftuch, das stets fest unter ihrem hübschen Kinn verknotet war; eine ewige Jungfrau mit einem genau umrissenen Daseinszweck.

Ihr Dialekt war so breit, daß niemand, der fünfzig Kilometer von Wien entfernt geboren war, ihn hätte verstehen können. Aber sie hatte eine wunderbare Hand, mit der sie die deutsche Schreibschrift wie gestochen auf liniertes Papier zu bringen vermochte. Als die Nazis kamen, lehrte Frau Marie (die Köchin) ihre jüdische Dienstgeberin (meine Großmutter) so zu schreiben.

Meine Großmutter war, wie ihre Köchin, als Bauernkind geboren, hatte aber im Gegensatz zu dieser nie eine Schule besucht. Nachdem sie von den Nazis aus ihrer Drechslerei vertrieben wurde, blieb für sie nicht mehr viel zu tun; sie sagte ihrer Familie, die sich auf den Weg in die Emigration machte, Lebwohl und blieb mit ihrem gelähmten Sohn, meinem Onkel Joschi, zurück. Während sie dem Moment entgegenbangte, in dem die schwarzen Stiefel gegen ihre Tür treten würden, vertrieb sie sich die Zeit mit dem Erlernen der Schrift. 1939 war sie sechzig Jahre alt. Der Schreibunterricht fand in der Küche statt, weil die Frau Marie nicht gesonnen war, sich in Anwesenheit der Herrschaften auf einen Wohnzimmersessel zu setzen.

Deshalb mußte auch das letzte Schachspiel meiner Kindheit, zwischen Onkel Joschi und mir, in die Küche verlegt werden. Wir konnten es nicht zu Ende führen, weil ich wegen unserer Visa zur britischen Botschaft laufen mußte. Meine Großmutter schlug vor, den Stand des Spiels da, wo wir es unterbrechen mußten, aufzuzeichnen; ich sollte ihr die Stellungen diktieren, was ich eben erst gelernt hatte. Frau Marie kontrollierte, über die Schulter meiner Großmutter gebeugt, die Rechtschreibung, faltete dann das Blatt und sagte, sie werde es aufheben, bis ich zurück sei; sobald die Nazis »vorbei« wären, könnten wir das Spiel fortsetzen.

Nun, ich kam tatsächlich zurück, als die Nazis »vorbei« waren, aber das Spiel wurde nie beendet. 1939, 1940 und 1941 hatte die Frau Marie weiterhin für meine Großmutter gekocht und meinen Onkel Joschi im Rollstuhl herumgefahren; sie hatte mit ihnen Karten gespielt und ihre Schreibkunst perfektioniert, immer nur in der Küche. Sie hatte ihnen Tag und Nacht beim Warten geholfen, bis die Stiefel kamen.

Sie war auch noch bei ihnen geblieben, als man sie schon längst gewarnt hatte, daß es für arische Dienstboten ein Verbrechen sei, für jüdische Herrschaften zu arbeiten. Sie hatte ihre arischen Essensmarken dafür verwendet, Milch und Fleisch für ihre jüdischen Esser zu kaufen. Sie hatte ihnen weiterhin den Kaffee gebraut und die erste Tasse wie immer für sich behalten. Dieses Geständnis legte sie mir gegenüber ab, als wir uns 1951 wiedersahen, und sie zupfte dabei an ihrem Taschentuch.

Sie holten die Frau Marie. Es waren nicht die mit den schwarzen Stiefeln, sondern die gewöhnliche Polizei. Als man sie nach ein paar Tagen aus dem Gefängnis entließ, war meine Großmutter schon im Lager und mein Onkel lag sterbend im Judenspital. Aber irgendwie schaffte es die Frau Marie, den Aufenthaltsort beider zu eruieren, und machte sich auf den Weg. Sie hatte Münzen und Schokolade in der Handtasche, um die Wächter zu bestechen.

Das alles erfuhr ich von anderen, als ich nach dem Krieg zum erstenmal wieder nach Wien kam. Wenn man mit der Frau Marie über die Nazizeit sprach, dann redete sie darüber wie eine Bäuerin, die sich an ein schweres Unwetter erinnert, bei dessen Ausbruch sie die Fensterläden zugenagelt hat. Für sie war das keine Frage der Moral, sondern der natürlichen, von der Gefahr bedingten Reflexe.

1951 war die Qualität des Kaffees in Österreich schon etwas besser als in den Jahren davor, was für die Frau Marie ein sichtbarer Anlaß zur Freude war. Andererseits war sie bedrückt, weil ihr die Umgebung fremd geworden war. Sie hatte zu begreifen begonnen, daß viele ihrer Nachbarn während des

Unwetters anders reagiert hatten als sie – sie hatten die Fenster nicht zugenagelt, im Gegenteil: sie hatten sie geöffnet. Und das verstörte und isolierte die Frau Marie. Es machte sie, mit 57 Jahren, sogar plötzlich zur Jüdin. Sie lebte vereinsamt und im Kriegszustand mit einer Welt von Gojim. Wenn sie für eine »nichtjüdische« Familie als Köchin arbeitete, trank sie die erste Tasse mit dem stärksten Filterkaffee ostentativ vor aller Augen, und einmal fragte sie ihren Dienstgeber rundheraus, was er denn als Soldat gemacht habe.

Als nächstes erreichte uns in New York die Nachricht – in einem dieser Briefe mit Kurrentbuchstaben auf liniertem Papier –, daß sie jetzt bei unseren Freunden, den Pollacks, arbeite, einem der wenigen jüdischen Ehepaare, die es damals in Wien gab. Aber als dann der eine Teil des Paares wegstarb und der andere nach Israel ging, nahm die Frau Marie keine neue Stelle mehr an. Sie überwarf sich mit ihren Verwandten, als sie herausfand, daß ein entfernter Cousin bei der SS gewesen war. Sie zerstritt sich mit ihrem Wohnungsnachbarn, weil sie sich einbildete, er habe sich einmal geringschätzig über »Palästina« ausgelassen. Sie frühstückte fortan allein in ihrer winzigen Wohnung und konnte ihrer Leidenschaft für den extrastarken Frühstückskaffee ohne den zartesten Gewissensbiß nachgeben. Sie war, was ihre Einsamkeit anging, zu keinen Kompromissen bereit.

Nur wenn mein Bruder oder ich nach Wien kamen, gab sie nach und ließ sich ausführen – aber zu ihren Bedingungen. Obwohl wir mehrere neue Kleider in der passenden Größe beschafft hatten, blieb sie ihrem grauen Musselin, der neben dem weißen

Tischtuch im Restaurant noch viel grauer aussah, treu. Sie beharrte darauf, die Teller übereinander zu stapeln, sobald wir aufgegessen hatten, und kam den Kellnern damit stets zuvor. Sie ließ sich berichten, daß es meinen Eltern in Amerika gut gehe, und daß es damals durchaus auch Wiener gegeben habe, die sich sehr anständig benommen hätten. Aber sie rümpfte die Nase über den Kaffee, der uns zur Nachspeise serviert wurde, denn er entsprach in keiner Weise den Erwartungen, zu denen das blütenweiße Tischtuch berechtigte. Und dann pflegte sie stets zu sagen, daß sie uns noch einmal einen Apfelstrudel machen wolle, ob wir uns erinnerten? Dabei faltete sie die Hände über der viel zu weißen Serviette im Schoß. Ich hatte immer den Eindruck, daß sie glaubte, der Apfelstrudel würde uns wieder zu Kindern machen und die Welt würde wieder erträglicher sein.

Letzten Sommer sah ich sie im Liesinger Altersheim, wo sie zu einem kleinen Konzentrat ihrer selbst geworden war – Runzeln, die vom wie immer fest verknoteten Kopftuch in ihre Form gepreßt wurden. An diesem Tag hatte sie Streit mit einem Aufseher gehabt, den sie dabei ertappt hatte, als er einer Heiminsassin, die in ihren Pantoffeln über das frisch gewachste Linoleum rutschte, einen Stoß versetzt hatte. Sie hatte ihn einen SS-Mann geheißen, und daraufhin hatte man ihr die Vergünstigung des extra starken Frühstückskaffees entzogen. Ich konnte sie ihr wiederbeschaffen, und sie weinte, wie es dem Anlaß angemessen war, ein paar Glückstränen. Dann kramte sie in einer Ledertasche, die noch stärkter verknittert war als ihr Gesicht. Sie grub alte Photographien aus, einen riesigen alten

Haustorschlüssel, Briefe, die wir ihr von zehn Jahren geschrieben hatten, und schließlich richtete sie sich auf und sagte: »nein«, sie könne es nicht finden, dieses »Schach-Zeug«. Und ich brauchte Sekunden, um zu verstehen, daß sie das Blatt mit den aufgezeichneten Schachstellungen von jenem Spiel mit Onkel Joschi meinte, das die Geschichte zur Halbzeit unterbrochen hatte.

Ich legte meinen kleinen Blumenstrauß auf ihren Nachttisch. Ich sagte ihr, daß es nichts ausmachen würde. Ich küßte ihr Kinn, unter den Stoppeln war es immer noch ein bißchen hübsch, dann mußte ich fort.

Gestern kam der Brief mit der Nachricht von ihrem Tod.

Die Frau Marie hat im Unwetter die Fensterläden zugenagelt. Und wir? Was taten wir, als Krieg in Vietnam war?

Sie war älter und besser als ich, und auf die Gefahr hin, daß es sentimental klingt: sie hat mich glauben gelehrt, daß das Dunkel, in das sie vorausging, den Nachfolgenden ein besserer Ort sein wird.

Heimkehr *(The Homecoming)*
Aus dem Amerikanischen von Susanne Costa

Mr. Lawtons Geheimnis *(Mr. Lawton's Secret)*
Aus dem Amerikanischen von Irene Freudenschuss-Reichl

Velvet und Apoll *(Velvet and Apollo)*
Aus dem Amerikanischen von Christina Schweighofer

Der Gast *(The Guest)*
Aus dem Amerikanischen von Irene Freudenschuss-Reichl

Der goldene Weihnachtsdukaten
(The Golden Christmas Ducate)
Aus dem Amerikanischen von Irene Freudenschuss-Reichl

Flüchtlingszug *(Refugee Train)*
Aus dem Amerikanischen von Hermann Teifer

Als ich zum Ladendieb wurde
(The Day I Became a Shoplifter)
Aus dem Amerikanischen von Brigitte Fuchs

Der Richter bleibt in Buenos Aires
(No Judge Comes Home from Buenos Aires)
Aus dem Amerikanischen von Brigitte Fuchs

Eine Nacht mit Etta *(Etta at Night)*
Aus dem Amerikanischen von Brigitte Fuchs

Marie Heugl zum Gedenken *(In Memory of Marie Heugl)*
Aus dem Amerikanischen von Hermann Teifer

Weitere Werke von Frederic Morton
bei Deuticke:

DIE ROTHSCHILDS
Ein Portrait der Dynastie
Aus dem Amerikanischen von Hans Lamm und Paul Stein
368 Seiten mit Stammtafeln und 50 Abbildungen
ISBN 3-216-07896-5

»Ein Buch von anhaltender Aktualität, das selbst zu einem Broadway-Musical verarbeitet wurde.«
Georg von Gehren, Frankfurter Allgemeine Zeitung

CROSSTOWN SABBATH
Über den Zwang zur Unrast
Mit einem Vorwort von Adolf Holl
Aus dem Amerikanischen von Susanne Costa
186 Seiten
ISBN 3-216-30041-2

»Frederic Morton ist ein grandioser Satiriker: rhetorisch, gedanklich, aber auch artistisch ist dieser Text überaus gelungen.«
Edwin Hartl, Die Presse

Deuticke
A-1010 Wien I., Rockhgasse 6

Umschlaggestaltung: Robert Hollinger
Druck: Wiener Verlag, Himberg bei Wien
Printed in Austria

ISBN 3-216-30061-7